阿部公彦――［著］

小説的思考のススメ

「気になる部分」だらけの日本文学

東京大学出版会

Understanding Japanese Fiction:
Some Notes and Insights
Masahiko ABE
University of Tokyo Press, 2012
ISBN 978-4-13-083058-4

はじめに――小説には読み方がある

小説が読めない理由

読書の常識はすっかり変わりました。誰かが「今日はお休みだから、ゆっくり本でも読んで過ごします」と言ったとしたら、みなさんはいったいどんな「本」を頭に浮かべるでしょう。二十年前であれば、この「本」は小説である可能性が高かったと思います。しかし、今ではこの枠に小説はまず入らない。きっと自己啓発本とか、ハウツーものなどが入る。

人はすっかり小説を読まなくなりました。なぜでしょう。小説といえば娯楽。リラックスしたり、じわっと感動したり、どきどきするようなスリルを味わったりするにはもってこいのジャンルのはずです。もはや誰もそういう娯楽を求めてはいないのでしょうか。

もちろん読書そのものから人が遠ざかりつつあるのは確かです。若い人であれば情報を得るために見るのは、紙の頁よりもパソコンやスマートフォンの「画面」でしょう。でも、たとえ「画面」を通して得る情報であっても、本質的な部分はそれほど違わないのではないでしょうか。やはりそこには文字がある。読むことが必要である。ネットワーク上の言葉のやり取りはたいへん盛んで、読んだり書いたりすることは前よりも身近になっているとさえ言えます。人が言葉と無縁になったわけでは決してないのです。ということは、小説が読まれないのは別の理由があるということでしょうか。

　実は驚くべきことに、このような本を書いている私自身も、小説が読めない、と感じています。大学の先生の中には「最近の若者はけしからん。○○のような古典さえ読んでいないのだから」というようなことをおっしゃる方もいて、私などはまるで自分のことを言われているような気になります。小説離れ文学離れは、別に文学部の先生でなくとも気づいていることです。文学部という名称もたいへん不人気、あちこちの大学で消えつつあります。「文学」という言葉に伴う独特の臭気のようなもの――そのくさみ――を私も強く感じるのです。「うわ、クサイ」と思う。もし自分が学生で「小説を読め」と先生に言われたとしたら、きっと「うわっ」と思うでしょう。

　なぜでしょう。いったいなぜ、私は小説が読めないのか。

　その答えは意外と簡単かもしれません。小説とは本来、読めないものなのです。何しろ、それは虚構である。私たちの心や身体には元々、異物や偽物や不要な物を排除するメカニズムが備わっています。腐った食べ物を誤って口に入れたら、自然と「まずい！」と思うのです。情報だって同じ。おもしろい話を聞いていてそれが嘘だとわかると、「な〜んだ」としらけるのです。

　小説を読むときには、この「な〜んだ」をちょっと我慢しなければならない。小説とは嘘であることが前提となっているという、不思議な言葉のジャンルです。そういうジャンルの言葉と接するとき、私たちはどこかで無理をする必要がある。心や身体が拒絶反応を示しても、「まあ、まあ」となだめすかしながら読み進めなければなりません。

嘘のしきたり

これが小説を読むときの第一の関門です。小説を読むときには嘘の情報と付き合わねばならない。元々私たちは嘘とのお付き合いをそれなりに上手にこなし、娯楽とさえ感じる余裕があったけれど、最近はやや下手になった。おそらく日々、「本当の情報」とばかり接しているために、あるいは「本当の情報」と接していると信じるようになったため、言葉との付き合い方が頑なになってしまったのでしょう。

嘘をつくことができるというのは、人間の最大の能力のひとつです。別にペテン師を擁護しようというのではありませんが、私たちの生活ではあちこちで「本当でないこと」がかかわってきます。たとえば「もしこれが××だったら、こういうふうにしよう」と将来について仮想し準備を整えるときにも「嘘」の要素が大事となるでしょう。あるいはすでに起きてしまった現実を前にして「これは見なかったことにしよう」「忘れよう」と思うことで前に進むということもあるかもしれません。私たちは上手に自分を騙して心の方向を変えることで、より自分にとって適切なやり方で世界とかかわることができる。

いわゆる「ヴァーチュアルなもの」が批判的に取り上げられることも多くあります。ネット上の仮想現実にばかりひたっているから現実世界と対応できない、といった批判がされる。若者が大人に叱られるという構図がここにもあるのですが、どうも違うなと思うこともあります。仮想であること自体が悪いのではありません。虚構を語るというのは人間が長いこと行ってきた、きわめてヒューマンな所作です。そういう所作に対してこのような批判が起きるのは、むしろ人が虚構との付き合い方を忘れてしまったことの証しでしょう。私たちは現実すれすれの、だからこそ私たちの現実生活に影響を及ぼしうるような際どい嘘を、うまく利用することができなくなってきた。

そこはまさに小説の活躍するはずの場所なのです。小説というジャンルの言葉がかくも洗練されてきたのは、際どい嘘を上手に語るためです。今、その際どい嘘が危機に直面している。一部の人がヒステリックに「嘘」を排除しようとするのもそのためです。他方、「嘘」を本当と信じこんでおかしな行動をとる人も出てきた。さらには、非常に劣化した単純な「嘘」としか付き合えない、つまり複雑で洗練された「嘘」に反応できない人も増えた。

たしかに「嘘」と付き合うのは難しいです。小説なんてなかなか読めない。私も現代を生きる人間のひとりですから、現代の空気を呼吸しているうちに、小説的な嘘の世界に足を踏み入れることの困難を日々感じるようになっています。はっきり言って、面倒くさいです。煩わしい。いつの日か、「もう、小説など読まない」と思う日もくるかもしれません。

しかし、それでも今のところ私は小説を読むし、人に小説を読むことを薦めるし、このような本まで書いて人に小説を読ませようとしている。それは小説を読むという手間のかかる作業に何かがあると信じているからです。

この本はその「何か」を説明するために書きました。小説というジャンルの言葉とわざわざ付き合って、いったい何が得られるのか、それを知ってもらいたいと思ったのです。キーワードは「嘘」。ただ、小説がそもそも虚構的なものである、というだけのことではありません。焦点をあてたいのは嘘と人間の関係全般です。作品世界の中を見てください。そこに描かれる人間模様にも嘘があふれています。何しろ出てくる人たちはしょっちゅう嘘をつく。夏目漱石、志賀直哉、吉田修一の人物たちは明らかにそうだし、辻原登や絲山秋子、古井由吉といった作家の作品でも、「ほんとうでないこと」を口にする人たちがたくさん出てきます。こうした人たちはお互いに騙しあったり、見え見えの虚言を吐いたりすることもあれば、自分で自分の嘘を信じていて、いわば心理の中に嘘が混入しているということもある。そこには悪意に満ちた嘘ばかりではなく、善意の嘘も、善悪関係ないものもある。これを突き詰めて考えると、小説とは人間と嘘との濃厚な関係が解放される場なのではないかという気がしてきます。他所では見られないような言葉との付き合い方を通して、嘘の可能性がとことん追求されている。それを可能にするのは小説独特の思考法のようなものです。

これを〝小説的思考〟と呼びたい。実はこの言葉は大江健三郎のあるエッセイにヒントを得たものです。大江は《大江健三郎賞》の発表に合わせて「群像」（二〇一一年五月号）に掲載した「小説的思考法のモデル」という文章の中で、「小説には他の表現活動とは別の、あきらかに小説という形式に独特の、頭の働き方」があると言っています（一一一）。これはふつうの意味での「頭の良さ」などとはまったく違う能力のようです。

小説を書く人間は、書き始める前に、幾つかの大切な言葉を、手がかりのように（あるいは啓示のように）握りしめていて、自分はこの言葉を書きつけるために小説を書く、と思い込んでいることがしばしばです。（中略）この構想に立って書くんだ、と思い決めて書き始め、それにそくして書き続けるうち、当の構想が破綻してしまうことを経て、やっとひとつの作品を作りうる、ということもあります。むしろ私はこのように、書き続けること自体がもたらす破綻を（その破綻そのものとして構想を実らせる、というと奇妙に響きますが）自分の小説の帰結として見定めることがしばしばです。（一一一）
このように「破綻そのものとして構想を実らせる」力のことを、大江健三郎は「小説的思考力」と呼んでいます。それは作家の意識的な統合力の埒外にあるもので、書き手に大きな揺すぶりをかけるような獰猛なものでさえあります。
「小説的思考力」には、いわばそれが自分のなかにあるものでありながら、しばしば作家の自分に対して不服従の態度を現わして、独走を始めることがあり、それによって作家の自分がバランスを失う、という経験をしてきました。（一一三）
大江の言う「小説的思考力」とはあくまで書き手の側の「力」です。でも、そのような「力」によって破綻の瀬戸際のうちに書き上げられた作品と接するにあたって、読者の側にも何らかの、それと呼応するような「力」が必要とされるように思います。なぜなら、「あるひとつの作品を読み、それが書かれてゆく過程で働いている『小説的思考力』にまず感嘆してしまうことがあることを、経験の深い読書家たちなら知っているのではないか？」と大江も言うように、小説の読書の勘所のひとつはそのような力に反応することにあるからです。

本書ではそのような感応のための方法について、読者の立ち場から考えていきたいと思っています。本文ではみなさんの小説体験を助けるよう工夫しました。なるべく小説の言葉の邪魔をしないように、でも、小説の言葉の近くから私は語りました。そうすることで、みなさんを作品の間近にまでお連れしたい。肉薄してもらいたいのです。

「小説は楽しい」は困りもの？

その際、私たちにとって障壁となることがもうひとつあります。虚構であるということと並んで、小説の困難を引き起こすもうひとつのもの。それは「小説は楽しい」ということです。いや、楽しいこと自体はたいへんけっこうなのですが、「小説は楽しい」という言葉が一種の常識となり、さらにはイデオロギーとなったときに、私たちは小説を読めなくなるのです。「楽しい」に限りません。「感動する」とか「ためになる」とか、あるいは「いいものだ」でもいい。小説にはとかくこのような肯定的で前向きなラベルがついてまわるのですが、まさにこれらの言葉やフレーズが私たちの読書の邪魔をします。小説を読むという行為ほど、このようなレッテル貼りがふさわしくないものはありません。「小説を読むとためになりますよ」と言われた瞬間に、小説を読むことから得られたかもしれない「何か」が吹き飛んでしまう。

では、私たちはいったいどうすればいいのでしょう。まず頭にいれておいて欲しいのは、繰り返しますが、小説を読むのはそう簡単ではないということです。だから、安心して欲しい。小説を手に取って迷ったりひるんだりしても、それはあなたのせいではありません。小説のせいです。小説というのは元々読むのが難しいものなのです。楽しかったり、ためになったりするかどうかわからない。もちろん読んでみたら楽しいかもしれない。ためになったり、感動したりするかもしれない。でも、そんなことははじめはわからない。「読んでみてからのことさ」と思って読むのが一番です。

そして、もうひとつ、気をつけて欲しいことがあります。小説には読み方がある、ということです。スポーツやゲームにルールがあるのと同じで、小説にもルールがあるのです。このルールのおかげで小説はニセの情報を語ることができる。絶妙のさじ加減とともに際どい嘘をつくことができる。ただ、この本を読んでいただければわかりますが、小説のルールというのはたとえば語学のルールのように暗記すればいいというものではありません。作品によって、どのあたりを読むべきかの勘所は異なる。私たちがするのは、ルールを探しながら読むということです。つまり、私が「小説には読み方がある」と言ったのは、ルールをどのように見つけていくか、そのやり方のことです。ルールそのものを暗記しても意味がない。ルールの見つけ方を体得する必要があるのです。そこではまさに先ほど言及した〝小説的思考〟がからんでくるでしょう。小説の中の様々な嘘をどのように扱ったらいいのか。どう反応したらいいか。このあたりのルールこそが小説を読む際には大事になるのです。

以下の十一の章では、それぞれ一篇の作品を取り上げながら小説の言葉がどのように読まれるものかを説明していきます。どの作品にも「気になる部分」がある。それははじめは違和感や〝引っ掛かり〟や謎として感じられるかもしれません。そのせいで作品が「読みにくい」と思えることもある。でも、私たちはまさにそこを読まなければならないのです。そのためのコツをお示ししたい。本書を読んでいただければ、「気になる部分」が実は小説世界に足を踏み入れるための貴重な入り口になっているということがおわかりいただけるはずです。

　章のテーマごとに話は完結していますから、どの章から読みはじめていただいても大丈夫です。本文を読めばある程度小説を読む体験に近いものが得られるようにしたつもりですが、もちろん作品を読んでいただくのが一番です。この本はあくまで作品に接するための心構えや目の付け所を示したものであり、最終目標はみなさんが自分で作品を手にとって体験することにあります。

　現代の作家を中心にした本の冒頭でいきなり太宰や漱石の名前があることに戸惑う方がおられるかもしれませんが、これは最後まで読めば納得していただけるのではないかと思っています。太宰や漱石の文章を体験しておくことで、今現在書かれている小説の文章を読むためのヒントが得られるのです。ここに選んだ十一人で現代小説を代表させることができるなどとは私はまったく思っていませんし、まだまだとりあげたい作家はいるのですが、それなりに今、日本で書かれている小説の広がりを示そうとしたつもりです。もし、小説なんて滅多に読まないからどの作家がいいのかわからないという場合は、ここにあげた中から相性のよさそうな作家を選んでみてもいいかもしれません。

　言うまでもなく現代小説は現在進行形です。どんどん新しい作品が書かれ、どんどん新しい文章の仕掛けが試みられたり、生み出されたりしている。小説の読者となるためには、そういう日々更新されるルールと付き合うことが要求されるでしょう。絶えざる〝小説的思考〟が必要となる。なかなかたいへんなことです。暇だから小説でも……という気分では太刀打ちできないものもあるかもしれません。でも、それでいいのです。「あ、無理」と思ったら、また後で読めばいい。何しろ、小説とは本来、読めないものなのです。読めること自体が幸運であり、ありがたいことであり、場合によっては奇跡でさえあるのです。読めてしまえばもうけもの、とそんな気持ちで本書の頁をめくっていただければと思います。

小説的思考のススメ　「気になる部分」だらけの日本文学——目次

IV 「小説がわかる」ということ

I

「一字一句」を読む

第1章■太宰治『斜陽』——やけに丁寧にしゃべる人ですね

「いかに」に注目する

小説というのは、いったいどうやって読むものでしょう？　いや、こんな問いを立てると、怪訝な顔をする人もいるかもしれません。論文を読んでもわからないとか、詩の読み方がわからないという人はいても、小説の読み方がわからない、という人はあまりいない。おそらくみなさんはこんなふうに考えているのです。よい小説の第一要件はそもそも読んでおもしろいことである。古典とか名作とか言われるものにしても、書店に平積みされたベストセラー小説にしても、こちらをいかに引き込むか、その力で勝負しているのだから、読み方などということを読者に考えさせるような作品は、そもそも小説として失敗しているのだ。むしろ「いかに読ませるか」というハードルをクリアすることが小説たるものの最低条件であり、読者が「いかに」を意識する暇もないまま読み進めてしまうのがふつうなのだ、と。

しかし、「いかに」を意識しないまま読んでいるうちは、実は小説のほんとうにおいしい部分を食べていないのだとも言えます。たしかに小説には、こちらの関心を惹くようなさまざまな仕掛けが凝らされていますし、情報の伝達にしても（たとえばどの台詞を誰が言ったとか、出来事がどこで起きているかなど）、なるべく合理的に、読者に余計な頭を使わせないで伝わるように工夫が凝らされています。わからない、と悩む瞬間は少ないはず。

ただ、ここでいう「いかに」は、わかりにくいものをわかるための「いかに」とはちょっと違うのです。いとも簡単にわかるものでも、そのわかり方の「いかに」についてあらためて意識的になってみることができる。自分は今、小説に書かれていることをこのように受け取ったけれど、それはどうしてなのか。なぜ、自分はこのような印象を受けたり、このような理解をしたりしたのか。そんなふうに小説を受け取ったそのプロセスについて意識的になってみると、さらにその奥にある仕掛けのようなものが見えてくることがあるのです。

以前は、わざと難しく書いてあるような小説、たとえば観念的な言葉がたくさん出てくるような作品、あるいは実験小説と呼ばれる、誰がどこで何を言っているのかよくわからないような、ほとんど錯乱状態そのもののような作品がそれなりに読者を得ていました。こういう造りの小説は私たちを「いかに」に導くのがうまかった。しかし、最近はそういう風潮もやや退潮してしまったようです。今では私たちは、小説を前にして「さあ、お手並み拝見。せいぜいサービスしてください」とでもいうような、ふんぞりかえらんばかりの態度をとりがちです。

これはたいへんもったいないことです。小説を読むとは、もっといろいろな可能性をはらんだ行為なのです。小説を読むことを通して私たちは、「読む」という言い方から受け取れる以上の、さまざまな体験に足を踏み入れていくことができる。「いかに」に注目することで、その第一歩を踏み出すことができるのです。いとも簡単にすらすらと読めるような作品であっても、「いかに読むか」ということに意識を向けながら読むと、それまで見えなかったことがいろいろと目についてくる。そういう部分に辿りつかないうちに読みを終了してしまったら、読者はたいへんな損をすることになります。また、そんなふうな読まれ方が広まってしまえば、小説を書く側にも「なんだ、読者というのはその程度のものか」といった諦めの気分もひろがって、やがては小説の文化そのものが滅びていくことになるでしょう。

小説には読み方というものがある、はっきりそう言っておきましょう。この読み方を知ることで、私たちは小説をもっともっとおもしろく読むことができる。ただ、誤解のないように繰り返しておきたいのは、ここで言う読み方とは、「こう書いてあるときは、こういう意味なのだ」というような、ただひとつの答えをめざすための、解法の規則という意味での「読み方」とはちょっと違うということです。そうではなくて、小説を前にしたときにはこんな風に取り組んでみるといいですよ、という立ち向かいの姿勢。読むときの心構え。そういう意味での「いかに」なのです。この「いかに」は、単に小説の文章をどう読むかということだけでなく、読んだ文章をどう消化し、またどう語るかということまでをも含みます。つまり小説を読むということは、文字通り「読む」ということに終わるものではない。読むということは書いてあるものをほぐしたり吸収したり、さらにはいろいろといじくりまわしたり、問いかけたり、ひっくり返したり、文句を言ったりということでもある。読者を巻きこんでそこまでさせるのが小説というものなのです。そういうことまで含めた「いかに」について、以下、具体的に考えていきたいと思います。

一字一句読むために

まず何よりも気をつけたいのは、文章を一字一句読むということです。当たり前だと思う人もいるかもしれませんが、通常の読書では意外と私たちは一字一句まで文章を読んではいないものです。いや、むしろ一字一句読まない読書の方が正しいと思えることもある。それはこういうことです。よく編集者の人が「ゲラを読むときには、文章を読んでしまってはいけない」と言う。たしかに編集者の仕事は、文章のミスをチェックすることです。そのために同じ原稿を何度も読み返すわけですが、そのときには文章を読んでしまってはいけないという。これはつまり、文章の中身に引きこまれて読んでしまってはいけないという意味なのです。引きこまれて内容を読んでしまったら、言葉の形に気づかなくなってしまうから。

　私たちの読書は、しばしば中身に引きこまれながら行われるものです。編集者とは違って私たちは誤字脱字や言い間違いを探しながら読むわけではないので、むしろ引きこまれるために読むのが目的だと言ってもいい。もちろん小説を読むときでもそうです。書き手の方も、いかに読み手をたぐりよせようかといろいろ計算している。しかし、とくに小説作品の場合は、そうやって引きこまれ騙されつつも、同時に、書き手がいかにこちらに読ませようとしているか、その「いかに」そのものを読むことも大事なのです。そのための第一歩として、まず一字一句読んでみる。簡単なようですが、これが意外と難しいのです。

一字一句読む練習のために取り上げるのは、太宰治の『斜陽』です。有名な作品なので読んだことがあるという人も多いかと思います。この作品からの数カ所の抜粋を読みながら、一字一句を読むというのがいったいどういうことか、確認していきたい。その際にみなさんに気をつけて欲しいのは、なるべく一字一句文章と向き合ったときの、自分の実感に注意を向けるということです。実感といっても、「感動した」とか「義憤を感ずる」といった立派なことではありません。もっと原始的な、手触りとか、雰囲気という程度の、ごく浅い感触のようなものでいいのです。ごちごちしているとか、読みにくいとか、気持ちいいとか、ゆるゆるしているといったもので充分です。そういうふうに自分の実感や感触に注意を向けることそのものに意味があるのです。また『斜陽』の文章は、そうしたことに注意深くなるためにはもってこいのものでもあります。太宰治という作家は、読者の敏感な反応を予測しながら、その裏をかいたり、あるいはそこに甘えたり、とにかくこちらの顔色をうかがい続けるような文章を書いた人です。『斜陽』はそういう太宰の傾向がとくに強く出た作品だという気がします。

語りの丁寧さ

『斜陽』は難しい小説ではありません。いや、難しい言葉では書かれていないと言った方がいいでしょうか。この作品はいわゆる「女子ども」の言葉で書かれています。中心となる語り手の和子は、女性であり、しかも育ちもいい。だからたいへん丁寧な語り方をします。会話のほとんどはですます調で行われているし、地の文も、基本的にである調とはいえ、ですます調寸前といっていいくらいのやわらかい口調です。冒頭の一節を引用してみましょう。和子が母親のスープの飲み方を描写しているところです。

スウプのいただきかたにしても、私たちなら、お皿の上にすこしうつむき、そうしてスプウンを横に持ってスウプを掬《すく》い、スプウンを横にしたまま口元に運んでいただくのだけれども、お母さまは左手のお指を軽くテーブルの縁にかけて、上体をかがめる事も無く、お顔をしゃんと挙げて、お皿をろくに見もせずにスプウンを横にしてさっと掬って、それから、燕《つばめ》のように、とでも形容したいくらいに軽く鮮やかにスプウンをお口と直角になるように持ち運んで、スプウンの尖端から、スウプをお唇のあいだに流し込むのである。そうして、無心そうにあちこち傍見《わき》などなさりながら、ひらりひらりと、まるで小さな翼のようにスプウンをあつかい、スウプを一滴もおこぼしになる事も無いし、吸う音もお皿の音も、ちっともお立てにならぬのだ。それは所謂《いわゆる》正式礼法にかなったいただき方では無いかも知れないけれども、私の目には、とても可愛らしく、それこそほんものみたいに見える。（七一〜七二。引用文の振り仮名、傍線などは筆者によるもので、末尾の数字は頁を示す）

「お皿」や「お顔」はともかく「お指」「おこぼし」「お唇」となってくると、ばか丁寧と言ってもいいほどです。「スウプ」「スプウン」といった言葉も、音を少しでも原音に忠実に表記しようとする、そんな語り手の姿勢を通して、その背後にあるやや過剰な物腰が伝わってくるでしょう。

　このような丁寧さは作品の設定に沿うものです。この小説はある名家の没落を扱っています。自分たちが貴族であるという自覚を持った家族が、戦乱の中で財産を失い、母は病に倒れ、息子は人生の目的を失って自ら命を絶つ。娘は自分を縛っていた道徳をかなぐり捨て、道ならぬ道に走っていく。そんな家族の滅びの光景が描き出されています。悲劇と言っていい筋書きでしょう。そして悲劇を悲劇たらしめるのにどうしても必要なのが、登場人物たちの心を最初から最後まで支配する、「自分は貴族である」という自意識なのです。今、確認したような丁寧な言葉遣いは、そういう貴族意識を言葉のレベルで表すのにちょうどいいようです。貴族とは、丁寧なものである、と。

　ただ、この小説の丁寧体はそういう設定の上での「都合」だけで説明されるものではありません。むしろ貴族的という設定は「丁寧」というスタイルを導くためにあるとも思える。というのも、「丁寧」によって表現されることはほかにもあるからです。このあたりからがいよいよ「いかに」を一字一句読むための練習。先の引用をもう一度読み直してみてください。すでに指摘した点以外にも、何か目につく文章の特長がないでしょうか?

　たとえば今の引用部、文はぜんぶで三つだけです。ひとつの文がけっこう長い。とくに最初の文は長い。しかし、ぱっと読むと最初の文が一文で書かれているということはあまり意識されないのではないかと思います。長い一文なのに、あまり一文らしくはない。なぜか。そこには仕掛けがあります。この文では、ふつうはひとつの文の中では見られないことが、起きているのです。まず、単語が何度も繰り返されている。最初の文では「スウプ」という語が三回、「スプウン」に至っては五回も出てきます。

ふつう、ひとつの文の中では、同じ言葉を複数回使うことは避けるべきこととされています。同じ文どころか、同じ段落、もしくは同じ頁の中でも、できれば言葉の繰り返しは避けた方がいい。もちろん「スウプ」とか「スプウン」程度であれば、それほど重要度も高くないので「またか！」という感じもそうしないでしょうが、それでも一文の中でこれほどたくさん出てくるとちょっと多いなあという感じはある。

なぜ、文の中での繰り返しは避けられるのでしょう。これは、そもそも文とは何か、ということとかかわってきます。とりあえずここでは、文とは集中力のひと呼吸である、という言い方をしてみましょう。文の中ですでに一度言われたことは、その文が続いている間は、依然として頭にあるという前提があるのです。再度言い及んで思い出す必要がないくらいに、まだそこにある。ちょっと難しい言葉で言うと、現前している。文の中でときに書き手は「先ほど言ったように」などと過去形になることがありますが、そういう過去に対し、今進行中の文は「現在」だと言える。

文というものは、「今」そのものなのです。文が続いている間は、集中力も続いている。だから、その中で同じ語が何度も出てくるのは、無駄だという感じがします。限られた集中力のスペースの中で、すでに言及されたことを何度も繰り返すのは不必要なことだし、新しい情報を受け入れるためのスペースも食われてしまう。スペースの浪費です。とても効率が悪い。贅沢といってもいい。つまり、ふつうの文章作法から言ったら、禁止されてもおかしくない書き方なのです。しかし、そのあたりが小説を読む際の「いかに」と深くかかわってくるところである。太宰はここで、ひと呼吸であるはずの文の中でわざと繰り返しを使うことで、呼吸の「ひとつ」という単位をちょっと攪乱してみせているのではないでしょうか。

　引用部では、反復のせいで集中力の呼吸は乱れている。一文なのに一文でないような、妙な文章感覚が生み出されている。ずるずると間延びするような息づかいです。でも、こんな効率の悪い、勢いもない語り口だからこそ、表れ出てくる何かもあります。丁寧の原理です。丁寧とは、効率の悪さには目をつぶってでも、別の何かを実現しようとするもの。丁寧な言葉を使おうとする語り手が目指すのは、無駄を削ってより多くの情報をやり取りすることよりも、むしろ多くの言葉を費やすことで少ない情報を伝えようとする態度です。なぜそんなことをするのか。その理由は作家によってさまざまなのですが、少なくとも太宰の場合は、言葉をふんだんに使うことで心地よさを生み出そうとしているように見えます。幾重にもクッションを敷いたような言葉はまどろっこしいかもしれないけど、ふかふかした布団のようにとてもやわらかい。言い心地も、聞き心地もいい。

　それと、私は今、意図的にある種の比喩を使ったので、勘のいい人はすでにお気づきかとも思いますが、このような効率の悪い言葉の使用は、この小説のテーマともつながってきます。無駄。浪費。贅沢。いずれも、お金に余裕がある人にしかできない。いや、お金に余裕があることが大事なのではありません。お金があっても、無駄も浪費も贅沢もしない人はいる。それはただのお金持ちです。でも、お金がないのに無駄をし、浪費し、贅沢をするという人もいる。それが貴族というものかもしれない。お金の余裕ではなく、精神の余裕。しかし、実際にはいくら「精神の貴族」を気取ってみても、それがお金や肉体や制度の枠にうまく守られていなければ、みじめな末路を辿るだけかもしれません。

そして『斜陽』という小説にあふれているのは、そのような歪んだ「貴族」のイメージでもあります。

小説の後半、主人公の和子が弟の師事していた小説家の上原を訪ねていく場面があります。自宅に行ってみると、奥さんと子どもがいるが本人は留守。どこをほっつき歩いているのかもわからない。上原の家では、電球を買うお金もなくて夜になると暗闇になってしまうので、仕方なく、早寝をしているという。それを奥さんは「私どもは、これで三晩、無一文の早寝ですのよ」などと言っている。ところが、飲み屋で上原に会ってみると、こともなげに大金を飲み代のつけとして払っているのです。


ギロチン、ギロチン、シュルシュルシュ、ギロチン、ギロチン、シュルシュルシュ、と低く口ずさみながら、上原さんが私たちの部屋にはいって来て、私の傍にどかりとあぐらをかき、無言でおかみさんに大きい封筒を手渡した。

「これだけで、あとをごまかしちゃだめですよ。」

おかみさんは、封筒の中を見もせず、それを長火鉢の引出しに仕舞い込んで笑いながら言う。

「持ってくるよ。あとの支払いは、来年だ。」

「あんな事を。」

一万円。それだけあれば、電球がいくつ買えるだろう。私だって、それだけあれば、一年らくに暮らせるのだ。

（二〇八〜二〇九）


無駄。浪費。贅沢。そうしたものをきわめて鋭く実感させる箇所でしょう。しかし、無駄や浪費は、このように登場人物の行為や出来事として提示される前に、文章の事実として、つまり小説の書かれ方の「いかに」として、すでに小説世界の中に準備されていたのです。これは先ほども言ったことですが、無駄や浪費や贅沢に走って精神の貴族を気取ろうとするような登場人物は、むしろ太宰の文章の書き方の必然として出てきたのではないかとさえ思える。

やわらかさ

もう一度冒頭の引用に戻りましょう。あの長い一文を、一文とは感じさせないのは、「スウプ」や「スプウン」といった語の繰り返しだけではありません。たとえば「〜して」といった連用形の多用も目につきます。

スウプのいただきかたにしても、私たちなら、お皿の上にすこしうつむき、そうしてスプウンを横に持ってスウプを掬《すく》い、スプウンを横にしたまま口元に運んでいただくのだけれども、お母さまは左手のお指を軽くテーブルの縁にかけて、上体をかがめる事も無く、お顔をしゃんと挙げて、お皿をろくに見もせずにスプウンを横にしてさっと掬って、それから、燕《つばめ》のように、とでも形容したいくらいに軽く鮮やかにスプウンをお口と直角になるように持ち運んで、スプウンの尖端から、スウプをお唇のあいだに流し込むのである。

このように連用形を多用すれば、文というものはいくらでも延長することが可能です。よく小学生の作文などでやたらと「そして」を使うものがありますが、この引用部の連用形も延長の方法としては「そして」の多用と同じくらいに単純で原始的なものだと言えます。

一般に文を引き延ばしたり、あるいはひとつの文から次の文へと移るためには、それなりに流れをつくらないと、単調につなぎ合わせただけの平坦な連なりになりがちです。流れをつくるにはどうしたらいいか。そこには何らかの必然が感じられる必要があります。その必然は論理によってつくられることもあるだろうし、出来事の展開とか、感情の勢いとか、あるいは視覚的な連続感などさまざまです。引用部でも母親の一連の動作を描き出しているという意味では流れがなくもないのですが、そもそも母親の動作そのものがたぶんに様式的なものであるため、それを描く言葉もどことなく平坦なものに聞こえます。

しかし、おもしろいのは、機械的で平坦なそのだらだらした緊張感の欠如が、かえって例の丁寧の原理と呼応しても見えるということです。丁寧な言葉は、効率よくより少ない言葉で情報を伝えるのではなく、むしろ言葉を無駄遣いすることで心地よさを生み出すことを旨とする。引用部のだらだらした連用形からも、そうした「無駄」の感覚に発する、独特のやわらかさが作り出されているのです。

こうしたやわらかさには、読み手や聞き手に対する語り手の配慮を表現するという側面もあるのですが、同時に、語り手自身がやさしくやわらかく受け止められたがっている、さらに言うと、語り手が硬いものやきついもの、厳しいものを怖れ、そこから身を守ろうとしているという様子も読み取れるように思います。たとえば「燕のように」といった比喩や、「ひらりひらりと」といった擬態語には、三十近くなった女性には似つかわしくないと思えるほどの幼さの身振りが表れているでしょう。

そうすることで、的確な言葉で対象をとらえるというよりは、わざと対象を言い当てずに少し距離をおいて指し示し、ややまどろっこしいけれども、あまりどぎつくない表現を得る。そんなふうに幼さや弱さ、不十分さを語りの身振りとしてまとうことで、語り手は自分自身の身を何かから守ろうとしているとも見えます。

言葉の破れ目

今見てきたような表現の特性は、小説の「いかに」を考える上でとても大事になります。冒頭でも触れたように、小説は娯楽だという見方がある。私もそれに反対はしません。小説は楽しいものである。おもしろいものである。小説とはこちらを心地よくしてくれるものだ。その通りでしょう。これはもはや私たちの常識の一部となった考え方です。

では、心地よくしてくれるべきものならば、心地よく書かれているはずではないか、とも考えたくなる。『斜陽』の語り口にある不器用なほどの丁寧さも、まさに小説語りの正道ということになる。しかし、ほんとうにそうでしょうか。小説のおもしろさと、語り口の丁寧さやわらかさとは直結するのでしょうか。

実は『斜陽』の「いかに」を読むためには、まさにそのあたりに意識的になってみる必要があるのです。以下に作品中でもとくに力のこもった文章のひとつを引用してみます。ここでも基調となるのは「丁寧」なのですが、心地よさとして完結する類の丁寧さではありません。

お母さまは、今まで私に向って一度だってこんな弱音をおっしゃった事が無かったし、また、こんなに烈《はげ》しくお泣きになっているところを私に見せた事も無かった。お父上がお亡くなりになった時も、また私がお嫁に行く時も、そして赤ちゃんをおなかにいれてお母さまの許《もと》へ帰って来た時も、そして、赤ちゃんが病院で死んで生れた時も、それから私が病気になって寝込んでしまった時も、また、直治が悪い事をした時も、お母さまは、決してこんなお弱い態度をお見せになりはしなかった。お父上がお亡くなりになって十年間、お母さまは、お父上の在世中と少しも変らない、のんきな、優しいお母さまだった。そうして、私たちも、いい気になって甘えて育って来たのだ。けれども、お母さまには、もうお金が無くなってしまった。みんな私たちのために、私と直治のために、みじんも惜しまずにお使いになってしまったのだ。そうしてもう、この永年住みなれたお家から出て行って、伊豆の小さい山荘で私とたった二人きりで、わびしい生活をはじめなければならなくなった。もしお母さまが意地悪でケチケチして、私たちを叱《しか》って、そうして、こっそりご自分だけのお金をふやす事を工夫なさるようなお方であったら、どんなに世の中が変っても、こんな、死にたくなるようなお気持におなりになる事はなかったろうに、ああ、お金が無くなるという事は、なんというおそろしい、みじめな、救いの無い地獄だろう、と生れてはじめて気がついた思いで、胸が一ぱいになり、あまり苦しくて泣きたくても泣けず、人生の厳粛とは、こんな時の感じを言うのであろうか、身動き一つ出来ない気持で、仰向《あおむけ》に寝たまま、私は石のように凝《じ》っとしていた。

（八七～八八）

前の引用で見られたのと同じような特徴が目につくのはおわかりかと思います。「お母さま」という語の繰り返し。「そして」や「それから」「そうして」などを多用した連鎖。無垢で傷つきやすい語り手像を演出する形容詞や副詞。

しかし、スープの飲み方を云々していた箇所とちがうのは、ここでは感情の山場のようなものが表現されているということです。とくに引用の後半部。前半の文は比較的短いのですが、「もしお母さまが……」以降の後半は長い一文になっています（傍線部）。一般に短い文から長い文へと移行すると、感情の高まりを表しやすい。文が長くなり、しかもそこに一息で読ませるような勢いがあれば、深い情念がこめられるのです。ここでもそういうパタンになってはいる。ただ、その過程で、語り口の丁寧さにはどのような変化が見られるでしょう。

少なくとも語彙のレベルでは「意地悪」「ケチ」「おそろしい」「みじめ」「地獄」「苦しくて」「厳粛」など、ふかふかした居心地のよさからは離れていくような、強面《こわもて》の言葉が増えているようです。ただ、いきなり乱暴な口調になったというわけではない。相変わらず丁寧な語り口を崩さない人が、その丁寧さの枠内で、ネガティヴなことについて頑張って語っているという印象があります。どこか無理している感じもある。とくに最後の一節は表現が足りないというのでしょうか、なかなか言葉で意をつくせないもどかしさのようなものが表れ出ているようにも思えます。「……ああ、お金が無くなるという事は、なんというおそろしい、みじめな、救いの無い地獄だろう、と生れてはじめて気がついた思いで、胸が一ぱいになり、あまり苦しくて泣きたくても泣けず、人生の厳粛とは、こんな時の感じを言うのであろうか、身動き一つ出来ない気持で、仰向《あおむけ》に寝たまま、私は石のように凝《じ》っとしていた」。明らかにバランスの悪い言葉遣いで、語り手の心境の不安定さがよく出ています。「人生の厳粛」にしても「石」のイメージにしても、力をこめて使っている比喩なのに、ぴたりとはまっているとは言えない。むしろ丁寧さという皮膜に覆われていた言葉に破れ目が生じ、その限界が見えている、と感じさせる箇所です。

このような破れ目こそが、小説を読むときの「いかに」と深くかかわってきます。いかに自分は小説を読んだか。その道筋を意識的に辿り直してみると、私たちはしばしばこのような破れ目や限界に突き当たります。破綻寸前、と言ってもいいような箇所があちこちに潜んでいる。それは必ずしも小説の出来の悪さを示すものではありません。むしろ小説の勲章だと言ってもいい。なぜなら、ほんとうによい小説というものは、必ずどこかでそれ自体を突き破っていくような力を隠し持っているからです。だから、私たちはそういう破れ目をこそ読む必要がある。そこにこそ、気づく必要がある。小説的思考とはそういうものです。ふかふかした文章の心地にうっとりするのももちろんいいのですが、それだけで終わりにしてしまったら、もったいない。

小説の文章の心地よさには、そういう意味では大いに警戒した方がよさそうです。とくに『斜陽』のような小説はそうである。太宰のような作家はそうである。他の作品を読んだ方はおわかりだと思いますが、太宰というのは実になめらかに、わかりやすく、テンポよく話を進めるのがうまい。日本語で書く作家では、随一と言っていいほどの才能でしょう。でも、ほんとうの才能はそこにあるのではない、そんな自覚が、太宰本人と重なるところのある弟の直治の、次のような書きつけには表れています。

僕は、どんなにでも巧《うま》く書けます。一篇の構成あやまたず、適度の滑稽《こっけい》、読者の眼のうらを焼く悲哀、若《も》しくは、粛然、所謂《いわゆる》襟《えり》を正さしめ、完璧《かんぺき》のお小説、朗々音読すれば、これすなわち、スクリンの説明か、はずかしくって、書けるかっていうんだ。どだいそんな、傑作意識が、ケチくさいというんだ。

（一三一～一三二）

直治が具体的にどのようなことを指して「傑作意識」と言っているのか、実は正確にはわかりません。でも、「完璧のお小説」なるものに苛々してしまう心境というのは何となくわかる。自由自在に手際よく心地よさを生み出す。これは小説の入り口かもしれません。でも、その先がなければ小説は成就しない。心地よさをつくりあげたうえでそれを破ること。それを壊すこと。それがなければ小説は小説にはならない。

『斜陽』のような作品でも、一方ではたいへん手の込んだ丁寧の作法によって、独特のやわらかい繊細な文章の感触を作り出している。でも、実際にはあちこちでその丁寧のすきをついて破ろうとするような所作が目につく。その最たる例は、今引用した直治のノートに見られるような文体でしょう。姉の和子の語り口とは対照的なぶっきらぼうで不機嫌な口調、支離滅裂といってもいいくらいの話題の飛び方、断定調、憎悪の噴出、感情の激しさ。どれも居心地のよさとは正反対です。

デカダン？　しかし、こうでもしなけりゃ生きておれないんだよ。そんな事を言って、僕を非難する人よりは、死ね！　と言ってくれる人のほうがありがたい。さっぱりする。けれども人は、めったに、死ね！　とは言わないものだ。ケチくさく、用心深い偽善者どもよ。

正義？　所謂階級闘争の本質は、そんなところにありはせぬ。人道？　冗談じゃない。僕は知っているよ。自分たちの幸福のために、相手を倒す事だ。殺す事だ。死ね！　という宣告でなかったら、何だ。ごまかしちゃいけねえ。

しかし、僕たちの階級にも、ろくな奴がいない。白痴、幽霊、守銭奴《しゅせんど》、狂犬、ほら吹き、ゴザイマスル、雲の上から小便。

死ね！　という言葉を与えるのさえ、もったいない。（一三四）

和子の目を通して見た直治は、遠い世界に入ってしまった人間かもしれません。そこには距離がある。だから直治の発する言葉の独特な調子は、和子の丁寧語を相対化する役割を果たします。繰り返しが多く、だらだらと続いていくのが特長だった和子の語りに対し、直治の語りは次々に話が飛びます。言葉が寸断され、短い。その気まぐれさは麻薬に溺れた者の錯乱を示唆するようでもありますが、和子の丁寧さが聖なる愚鈍さのようなものを表現していたのとは対照的に、直治のぶつ切れの語りは賢者の言葉のようにも聞こえます。何かを深く言い当てるような、突き刺さるような鋭さがある。

甘みと苦みの境界領域

このような直治の語りが、外から『斜陽』の世界をこじあけようとしているのは間違いないでしょう。ただ、直治の語りが所詮、どこかから降ってきた異物のようなものであるのもたしかです。中心となるのはあくまで和子の語り。和子の視線。和子の言葉のふかふかした心地よさをどこかで破らなければ『斜陽』という作品は小説にはなりえないのです。太宰はそういう超克の予兆を、くどいほどあちこちで示して見せます。たとえば意味ありげな蛇。よいとまけを統率する兵隊の和子への視線。和子のモラルを支配していた母の死。やがて和子は上原と関係を持つ。ストーリーとしてはほとんど予定調和と言っていいほどの展開でしょう。あまりに予想通りで波乱がない。しかし、そういう予想通りの場面を書くのに、太宰はじつにうまく「うまさからの離脱」を導きこんでみせるのです。この作品の中でももっとも重要な場面のひとつと言っていい次の箇所で、どのように「丁寧語り」の心地よいなめらかさが破られているか、確認してみましょう。


「今でも、僕をすきなのかい。」

乱暴な口調であった。

「僕の赤ちゃんが欲しいのかい。」

私は答えなかった。

岩が落ちて来るような勢いでそのひとの顔が近づき、遮二無二《しゃにむに》私はキスされた。性慾《せいよく》のにおいのするキスだった。私はそれを受けながら、涙を流した。屈辱の、くやし涙に似ているにがい涙であった。涙はいくらでも眼からあふれ出て、流れた。

また、二人ならんで歩きながら、

「しくじった。惚《ほ》れちゃった。」

とそのひとは言って、笑った。

けれども、私は笑う事が出来なかった。眉《まゆ》をひそめて、口をすぼめた。

仕方が無い。

言葉で言いあらわすなら、そんな感じのものだった。私は自分が下駄《げた》を引きずってすさんだ歩き方をしているのに気がついた。

「しくじった。」

とその男は、また言った。

「行くところまで行くか。」

（二一四～二一五）


「僕をすきなのかい」にしても「僕の赤ちゃんが欲しいのかい」にしても、軽薄で安っぽい台詞です。通俗的。「しくじった。惚れちゃった」とか、「行くところまで行くか」にしても気障です。ちょっと格好いいけれど、そのなめらかさは安易にも感じられる。レディメイドの感じがする。いずれも丁寧語りの延長線上にあるような言葉遣いなのです。やさしく心地よいけれど、あまりに約束事に沿っていて様式的だから、何かを突き破ってどこかに辿りついたという感じはさせない。

でも、和子の視線はどうでしょう。あの幼くて弱い、無垢で臆病で繊細だった和子の目に今映る光景は、上原の台詞に表れたような甘いセンチメンタリズムとは一線を画していないでしょうか。上原にいきなりキスされるとき、和子はこんな光景を目にしているのです。「岩が落ちて来るような勢いでそのひとの顔が近づき、遮二無二《しゃにむに》私はキスされた。性慾のにおいのするキスだった。私はそれを受けながら、涙を流した。屈辱の、くやし涙に似ているにがい涙であった。涙はいくらでも眼からあふれ出て、流れた」。何より「岩が落ちて来るような勢い」という比喩の唐突な無骨さが印象的です。うまく状況をとらえた言葉とは言い難い。むしろ、状況のとらえどころのなさがそのまま言葉になっている。でも、状況を取り逃した、空振りするようなその所作が、実に生々しく和子の「苦さ」を表現してもいるのです。そのおかげで、それにつづく「性慾のにおいのするキスだった」などという言い方も、多少紋切り型なのかもしれませんが、実に印象的に響く。「私はそれを受けながら、涙を流した。屈辱の、くやし涙に似ているにがい涙であった」というあたりも、感傷的には聞こえない。苦みが、苦みとして伝わってくる。

こうしてみると名家の一族にスポットをあて、丁寧な言葉を土台にして語られる『斜陽』の世界が、甘い心地よさと苦さや厳しさとの間で実に微妙なバランスをとっているのがわかるのではないでしょうか。甘さと心地よさを身にまとい続けた行儀のよい和子が、心の片隅にまるで別の原理を抱えている。それがふとした言葉の端に露出する。太宰というと、とかくその「甘さ」に目がいきがちです。実際、その流麗で小気味よい筆致は、単なる感傷性をはるかに超えた卓越した文章術を感じさせるのですが、そのところどころで甘さやうまさやさしさが突き破られていることも忘れてはなりません。その苦みの力を読み損なってはいけない。

もちろん、『斜陽』は苦みだけの小説でもありません。上原の気障な台詞も、やっぱり必要なのです。和子のばか丁寧でまどろっこしい語り口にしても、そこには太宰の神髄のようなものが宿っている。安っぽく、通俗的でわかりやすい、読者に媚びてさえいるような甘えた感じもまた、この小説の持ち味なのです。自殺する直治の自暴自棄な語り口も、見方によってはひどく甘えたものと言えるでしょう。弱さを盾にこちらに訴えかけてくるようなその姿勢には、自己憐憫があふれている。そうしたものを語り口の「いかに」として意識的に読み取ることがもちろん必要でしょう。一字一句読めば、あちこちに甘さと苦みとの間の揺れが見てとれるはずです。おそらくは、そうして苦みと甘みとの際どい境界領域に踏み込んでいることが、この小説の何よりの魅力なのです。作品にうまく乗せられつつ、しかし、完全には乗せられてしまわずにそのあたりを読み取ること、そんな読み手の我慢強さがためされる小説かなという気がします。

『斜陽』 一九四七年七月から十月にかけて「新潮」に連載。同年、新潮社刊。執筆の際、愛人の太田静子の日記を参考にしたとされる。引用は『太宰治全集　第九巻』（ちくま文庫、一九八九年）による。

太宰治（だざい　おさむ、一九〇九～四八年） 典型的な破滅型の作家で女性関係の乱れが家庭と生活の崩壊を招く。堕落していく自分に対する強烈な自意識が、そのまま作品の核となる。代表作に『晩年』『津軽』『人間失格』など。

第2章 夏目漱石『明暗』——この会話は何を隠しているのでしょう？

古典の弊害

小説を一字一句読む。あたりまえのようにも聞こえるのですが、意外と難しいことです。とくに大きな妨げとなるのは作者名です。

この作品は太宰治の書いたものである。これは夏目漱石。そんなふうに言われると、読む前から私たちはその小説を読んでしまったような気になります。ましてやそれが『人間失格』とか『斜陽』とか、あるいは『三四郎』だとか『道草』だとかといった評判の高い作品であれば、読む前からいろいろな噂が耳に入ってくる。いざ読むときも、「この作品を読んでいないのは恥ずかしいから今のうちに読んでおこう」というような義務の気持ちが先に立ちます。「これは名作なのだから、私は感動するべきなのだ」といった拘束が働いたりもします。何の邪魔もなしに、そこに書かれている文章と向き合うのはたいへん難しくなります。

「古典」という概念には、後生に伝えるべきすぐれた作品をえりすぐって大事にしようという意気込みがこめられています。でも、そこには作品を殺す作用もある。私たちは何よりも作品の文章と出逢いたいのに、古典というレッテルのせいで、作品のタイトルや作家名ばかりを耳にすることになるからです。教養ということをうるさく言う人の中には、「自分は学生の頃は○○を読んだものだ」と威張ったりする方もおられますが、その本がどんな内容だったか、文章の感触はどうだったか訊いてみると、あまりはかばかしい答えが返ってこないということがよくあります。こういう「名前主義者」にはなりたくないものです。むしろ作家名やタイトルは忘れても、文章の体験だけは大切にすべきなのです。

この章では夏目漱石の『明暗』を読んでみたいと思います。漱石といえば日本の小説家の中でも一、二を争うビッグネーム。その作品の多くはありがたい名作であるとされ、もしそれらを読んでおもしろがったり、感動したりできないのであれば、むしろ読者の未熟さのためだとされる。『明暗』も、そんな名作のひとつに数えられる作品です。でも、だからこそ、このような作品を読むにあたっては、「古典離れ」が必要になってきます。そしてときには、作品の変な部分――おや？　というような部分――にも目をやる必要があるのです。

『明暗』的会話とは

『明暗』は未完に終わった小説です。でも、長さは文庫判で六百頁近く。完成された部分だけでも読み応えのある作品で、たっぷりと波乱と葛藤に満ちています。プロットの流れをつくるのは主人公津田の病気（痔）で、診察、手術、入院、そして温泉での療養と続く。この治療の過程で津田と妻のお延との摩擦が浮き彫りになり、やがてそのほんとうの原因が明らかになってきます。女です。津田には過去に女がいた。それが忘れられないのだという。このかつての恋人との再会を果たすべく、津田は彼女の逗留する温泉へと向かいます。そして、ふたりは迷路のようになった人気のない古い温泉宿の廊下で遭遇する。ちょっとした冒険譚のように読める箇所です。小説は残念ながらこの「元カノとの遭遇」で終わってしまうので、筋書き的にはまさにこれからというところで寸断されたとも見えるのですが、じつはここに至るまでに十分なほどのドラマがつくられています。大きなストーリーとしては形を成す一歩手前で終わっているけれど、それ以前に、小さなストーリーがうずたかく積み上がっているのです。むしろこれだけでたくさんだと言いたくなるくらいの、相当な山場の連続がある。

しかし、ドラマチックといっても、派手に出来事が展開するわけではありません。そもそも『明暗』はこの長さの作品にしては、いわゆるアクションがたいへん少ない。何しろ主人公の津田は病気です。それに元々あまり自分から積極的に行動する人でない。人から呼び出されたり、どこかに行けと勧められたりしてはじめて動き出すようなタイプです。ふだんはああでもない、こうでもない、と考えるだけで結局何もしないということの方が多い。でも、みなさんはこの小説を読んで、何も起きないなあ、不活発だなあ、などとは決して思わないのです。ものすごい緊張感がみなぎっているから。

この緊張感をつくっているのは会話です。『明暗』では行動と呼べるようなことはほとんど起きないかわりに、疑似行動とでも言えるような、じつにダイナミックな会話があちこちでかわされている。

その背後には、物のやり取りがあります。とくにお金。津田夫妻は貧乏というわけでもないのですが、分不相応の生活をしているために、いつもお金に困っている。津田ははじめは親に援助を頼むのですが、ちゃんと約束したとおり返済しないものだから、ついに援助を打ち切られます。そこで妹の嫁ぎ先やお延の親類からお金を借りることになる。しかし、お金はそう簡単に渡されるわけではない。受け渡しの際にいろんな条件が提示されたり、意地の張り合いがあったり、津田の過去の女をめぐる詮索があったりとただではすまない。お金の受け渡しに起因するこうした諸々の取引が、人物の性格を浮かび上がらせ、情念のぶつかりあいがあるかと思うと、隠れた関係性が浮かびあがったり、騙し合いがあったり、こちらは読んでいてもはっとすることの連続です。

そういうわけで『明暗』の核となるのは会話なのですが、それも四方山話や独白ではなく、やるかやられるかという対決型のやり取りであるところが重要です。この小説の「いかに」を読むためにはそこに注目する必要がある。対決型の会話では、その節々で、先に太宰の章でも確認した「丁寧」の作法にかかわる言葉の特性が関係してくるのです。

このことを具体的に確認するために第一〇七章を見てみましょう。『明暗』の名場面の中でも際だったもののひとつです。少し長くなりますが、章全体を引用します。入院中の津田のところに妹のお秀がお金を持って訪れる。しかし、なかなかお金をくれない。津田はそのお金が喉から手が出るほど欲しいのだけど、なかなか素直に頭を下げないものだから、お秀の方も意地になっている。どんどん津田たちを追い詰めようとする。すると、いよいよ窮地に追い込まれたかというところで、お延が逆転の一手を繰り出すという場面です。

三人は妙な羽目に陥った。行掛り上一種の関係で因果づけられた彼等は次第に話を余所《よそ》へ持って行く事が困難になってきた。席を外す事は無論出来なくなった。彼らは其所へ坐ったなり、どうでもこうでも、この問題を解決しなければならなくなった。

しかも傍《はた》から見たその問題はけっして重要なものとは云えなかった。遠くから冷静に彼等の身分と境遇を眺める事の出来る地位に立つ誰の眼にも、小さく映らなければならない程度のものに過ぎなかった。彼等は他《ひと》から注意を受けるまでもなく能《よ》くそれを心得ていた。けれども彼等は争わなければならなかった。彼らの背後《せなか》に脊負《しょ》っている因縁は、他人に解らない過去から複雑な手を延ばして、自由に彼等を操《あやつ》った。①
仕舞に津田とお秀の間に下《しも》のような問答が起った。

「始めから黙っていれば、それまでですけれども、一旦云い出して置きながら、持って来た物を渡さずにこのまま帰るのも心持が悪う御座んすから、どうか取って下さいよ。兄さん」

「置いて行きたければ置いといでよ」

「だから取るようにして取って下さいな」

「一体どうすればお前の気に入るんだか、僕には解らないがね、だからその条件をもっと淡泊に云っちまったら可いいじゃないか」

「あたし条件なんてそんなむずかしいものを要求してやしません。ただ兄さんが心持よく受取って下されば、それで宜《い》いんです。つまり兄妹らしくして下されば、それで宜《い》いというだけです。それからお父さんに済まなかったと本気に一口仰しゃりさえすれば、何でもないんです」

「お父さんには、とっくの昔にもう済まなかったと云っちまったよ。お前も知ってるじゃないか。しかも一口や二口じゃないやね」

「けれどもあたしの云うのは、そんな形式的のお詫《わび》じゃありません。心からの後悔です」

津田は高がこれしきの事にと考えた。後悔などとは思いも寄らなかった。

「僕の詫様が空々しいとでも云うのかね、なんぼ僕が金を欲しがるったって、これでも一人前の男だよ。そうぺこぺこ頭を下げられるものか、考えても御覧な」

「だけれども、兄さんは実際お金が欲しいんでしょう」

「欲しくないとは云わないさ」

「それでお父さんに謝罪《あやま》ったんでしょう」

「でなければ何も詫《あやま》る必要はないじゃないか」

「だからお父さんが下さらなくなったんですよ。兄さんは其所に気が付かないんですか」

津田は口を閉じた。お秀はすぐ乗し掛って行った。

「兄さんがそういう気で居らっしゃる以上、お父さんばかりじゃないわ、あたしだって上げられないわ」

「じゃお止しよ。何も無理に貰おうとは云わないんだから」

「ところが無理にでも貰おうと仰しゃるじゃありませんか」

「何時」

「先刻《さっき》からそう云っていらっしゃるんです」

「言掛りを云うな、馬鹿」

「言掛りじゃありません。先刻《さっき》から腹の中でそう云い続けに云ってるじゃありませんか。兄さんこそ淡泊でないから、それが口へ出して云えないんです」

津田は一種嶮《けわ》しい眼をしてお秀を見た。その中には憎悪が輝やいた。けれども良心に対して恥ずかしいという光は何処にも宿らなかった。そうして彼が口を利いた時には、お延でさえその意外なのに驚ろかされた。彼は彼に支配できる最も冷静な調子で、彼女の予期とはまるで反対の事を云った。

「お秀お前の云う通りだ。兄さんは今改めて自白する。兄さんにはお前の持って来た金が絶対に入《いり》用《よう》だ。兄さんは又改めて公言する。お前は妹らしい情愛の深い女だ。兄さんはお前の親切を感謝する。だからどうぞその金をこの枕元へ置いて行ってくれ」

お秀の手先が怒りで顫《ふる》えた。両方の頬に血が差した。その血は心の何処からか一度に顔の方へ向けて動いて来るように見えた。色が白いのでそれが一層鮮《あざ》やかであった。然し彼女の言葉遣いだけはそれ程変らなかった。怒《いか》りの中《うち》に微笑さえ見せた彼女は、不意に兄を捨てて、輝やいた眼をお延の上に注いだ。②
「嫂さんどうしましょう。折角兄さんがああ仰しゃるものですから、置いて行って上げましょうか」

「そうね、そりゃ秀子さんの御随意で可《よ》ござんすわ」

「そう。でも兄さんは絶対に必要だと仰しゃるのね」

「ええ良人《うち》には絶対に必要かも知れませんわ。だけどあたしには必要でも何でもないのよ」

「じゃ兄さんと嫂さんとはまるで別ッこなのね」

「それでいて、些とも別ッこじゃないのよ。これでも夫婦だから、何から何まで一所《いっしょ》くたよ」

「だって――」

お延は皆まで云わせなかった。

「良人《うち》に絶対に必要なものは、あたしがちゃんと拵《こしら》えるだけなのよ」

彼女はこう云いながら、昨日岡本の叔父に貰って来た小切手を帯の間から出した。

どうでしょう。最後にお延がお金を差し出す部分はじつに痛快で、つくづくお延というのはすごい人だなあ、と唸ってしまうのですが、そこに至るまでの津田とお秀のやり合いもなかなか迫力があります。とくに傍線②のあたり。お秀に迫られた津田は、わざと相手の神経を逆撫でするかのようにみえみえの嘘をつきます。「お秀お前の云う通りだ。兄さんは今改めて自白する。兄さんにはお前の持って来た金が絶対に入用《いりよう》だ。兄さんは又改めて公言する。お前は妹らしい情愛の深い女だ。兄さんはお前の親切を感謝する。だからどうぞその金をこの枕元へ置いて行ってくれ」。ほら、お前はこんなふうに言って欲しいんだろう？　とでもいう傲慢な態度です。俺はこれくらいの嘘を涼しい顔で言えるぞ、とあらためてお秀を見下そうとする。お秀がどんなふうにそのことを言って欲しいかわかっていて、あえて反対を行くわけです。でも、お秀にしたって同罪かもしれません。兄の津田が頭を下げたくなんかない性格なのはわかっているのに、その兄が必要としているお金をちらつかせることで、支配権を握ろうとしている。このように『明暗』の人物たちは、決して相手の言ったことや相手の願いには素直にうんとは言わないのです。むしろいちいち相手が言ったことの裏をとったり、上を行ったりしようとするのが習い。一言ごとに形勢は逆転し、互いの理解などは生まれようもない。

ここでの会話の核となっているのは問答的なやり取りでしょう。「だけれども、兄さんは実際お金が欲しいんでしょう」→「欲しくないとは云わないさ」→「それでお父さんに謝罪ったんでしょう」→「でなければ何も詫る必要はないじゃないか」といった問答の応酬がリズムをつくっている。会話の土台となるのは、問いを立てたり、答えたりというやり取りです。ということは本来なら、発見や事実の開示などがあってもいい。でも、問答はあくまで形の上のことにすぎないのです。それぞれの人物はぜったい相手に本心を言うつもりはないし、相手が自分に対して本心を言うわけがないこともわかっている。だから相手が言ってないことをその裏に読み取ったり（「ところが無理にでも貰おうとおっしゃるじゃありませんか」）、今見たように、わざと嘘だと見え見えのことを言ったりする（「お秀お前の云う通りだ。兄さんは今改めて自白する。……」）。

これはいったいどういう言語状況なのでしょう。お互いに相手の真意を測るために問答というモードを採用しているにもかかわらず、発せられる言葉は真意からはどんどん遠ざかっていく。ゲームのようでもあります。お互いに相手を騙すことで、少しでもポイントをあげようとしているかのようでもある。

言葉が真実から遠ざかっていくなどと言うと、少し不安になる人もいるかもしれません。たしかに

「美は真実なり。また真実は美」と歌った英詩人ジョン・キーツをはじめ、芸術と真実究明との深いつながりは古来繰り返し語られてきましたし、とりわけ近代小説は虚飾を廃した冷徹さが強みとされることが多いです。伊藤整は『小説の方法』の中で、近代小説のすぐれた作家たちの備えた「散文精神」について語っていますが、そこでは作家の仕事が真実の探求にあるとされているのが典型的です。伊藤はこれを説明するのに、「苦行によって自己を鍛えた求道者《ぐどうしゃ》が僧院の窓から外を見る目」などという言い方をしているほどです。しかし、小説というものは必ずしも「これが本当のことだ」と提示することで、真実とかかわろうとするわけではありません。真実とのかかわり方にはいろいろな方法があります。

『明暗』もたしかに人間の真実とかかわろうとする小説です。でも、この小説はなかなか本当のことを「これが本当のことだ」と提示してはくれません。そういう種類の小説ではない。むしろこの小説で大事なのは、何が真実なのかを探ろうとする態度そのものです。つまり真実に向けた探求の姿勢こそが、『明暗』という小説の真実とのかかわりの形をつくっている。そしてそのような姿勢は、小説というジャンルの根底にある旨味のようなものともつながってくるのです。

地の文が難しすぎる

このあたりはなかなか微妙な問題なので手順を踏んで説明しましょう。他のジャンルの文章と比べたときにとくに小説の特長として目立つのは、会話と地の文という異なるレベルの言葉が共存しているということです。近代小説のひとつの典型として、一方で登場人物が直接話法の形で台詞を発し、他方で語り手とおぼしき声が別レベルから注釈を加える、というパタンができあがりました。レベルの違う言葉だから、当然言葉遣いが違ったり、文体が違ったり、そして何より真実のレベルが異なってくる。しかし、このようにしてレベルの違う言葉が前後して表れることでこそ表現できるものがある。そこに小説的言語の旨味もあるのです。
では、『明暗』の場合、異なるレベルの言葉のかかわり合い方はどのようになっているでしょう。たとえば上記引用冒頭部の傍線①をもう一度見てください。

しかも傍《はた》から見たその問題はけっして重要なものとは云えなかった。遠くから冷静に彼等の身分と境遇を眺める事のできる地位に立つ誰の眼にも、小さく映らなければならない程度のものに過ぎなかった。彼等は他《ひと》から注意を受けるまでもなく能《よ》くそれを心得ていた。けれども彼等は争わなければならなかった。彼らの背後《せなか》に脊負《しょ》っている因縁《いんねん》は、他人に解らない過去から複雑な手を延ばして、自由に彼等を操《あやつ》った。

たいへん硬い言葉で書かれているのがおわかりだと思います。「その問題はけっして重要なものとは云えなかった」などというと、まるで論文の文章のようです。やけに深刻で、もったいぶっている。「遠くから冷静に彼等の身分と境遇を眺める事のできる地位に立つ誰の眼にも……」というあたりなども、もっと簡単に言えることをわざわざ難しく言っているように聞こえる。「身分」とか「境遇」とか「地位」などと言うと何事かと思います。要するにお秀と津田とお延がお互いを好きなのか嫌いなのかといった話なのに、やけに事々しい。何だか歴史上の大事件を記述しているような重苦しさが漂ってきます。

なぜ、こんな言葉遣いをするのでしょう。時代のせいではない。漱石は別にこういう言葉でしか語れないわけではないのです。会話の部分は実にわかりやすく、私たちの知っているふつうの日本語で書かれているという感じがする。なのに、地の文になると急に硬くなる。まるで硬くしないと、地の文としての面目が立たないとでも言わんばかりなのです。

おそらくこんな地の文を書く人は現代の作家ではほとんどいないでしょう。パロディでも書くつもりなら別ですが、このような文章はもはや小説の文章ではないと考えられるようになって久しい。しかし、『明暗』という小説を成立させるためには、どうやらこのような硬い文章が必要なのです。そこにはどのようなメカニズムが働いているのか。

こういうことかもしれません。『明暗』は緊迫感に富んだ会話の応酬を中心にできあがっている小説です。しかし、そういう会話を成立させるのは、会話そのものだけではない。会話のすさまじさを生み出すのは、その会話の裏に想像される意図の交錯であり、感情の隠蔽であり、意地のぶつかり合いなのです。つまり、『明暗』の会話は、会話の向こうにあるものを想起させることでこそ機能している。

ということは、会話はむしろ真実なり真意なりを見せない方がいいということになるかもしれません。見せない方が、向こう側にあるものへの想像は働くから。しかし、嘘を付き合うだけなら単なる騙し合いです。純粋探偵小説です。それこそゲームになってしまう。『明暗』は真実の取引をめぐるゲームとして終わるわけではありません。向こう側を見せたり見せなかったりするような会話を通して、人物の性格の複雑さや人間と人間との関係の妙を実に精妙に浮かび上がらせる、そんな小説なのです。

丁寧という武器

そこで大きな役割を果たしているのは丁寧という作法です。たとえば先の地の文のすぐあとに続く会話文はこんな感じです。

「始めから黙っていれば、それまでですけれども、一旦云い出して置きながら、持って来た物を渡さずにこのまま帰るのも心持が悪う御座んすから、どうか取って下さいよ。兄さん」

「置いて行きたければ置いといでよ」

やり取りの中に、「悪う御座んす」とか「置いて行きたければ」といった言葉が差し挟まれているところに注目してください。相手を思いやるというジェスチャーは、日本語的な丁寧さの基本です。相手に悪いから。相手のために。相手の意志を尊重して。そんなジェスチャーをことさら言葉に表すことでこちらの気遣いを示す、それが日本的丁寧の作法の重要なルールなのです。相手に何かを実際にしてあげるよりも、相手のことを慮っているのだと口に出して示す。そうした誇示のポーズが、丁寧さの要となる。

『明暗』の登場人物たちはこのような丁寧のジェスチャーをたっぷりと利用します。思いやりや善意の表明をするという約束は、もちろん人間関係を円滑に進めるための、古来からの人間の知恵です。まさに文化です。しかし、それが約束事となれば、ときには本気でないのに繕っているという場合も生じる。いや、むしろ文化として継承されればされるほど形式性が勝ってきて、その気がなくても善意を表明しなければならないということも出てくる。こうなると善意は借り着のように見えてきます。

『明暗』の丁寧さは、まさに借り着なのです。会話部分は実に丁寧でわかりやすい。誰の台詞も言葉としてなめらかで、読んでいて心地よさを感じます。しかし、なめらかであればあるほど、つまり丁寧の衣をまとっていればいるほど、その善意は形だけのものともなりうる。表の善意と、裏の真意との乖離が甚だしくなるから。果たして『明暗』の悪意に満ちた人物たちは、丁寧の作法をむしろ逆用するかのように、善意の表明を攻撃のための武器として使おうとします。今、引用したところがまさにそうで、善意をかかげながらも、むしろ相手の裏をかくことで痛撃を与えようとしている。お秀は「悪う御座んすから」などと「相手を慮ってお金をあげる」という善意のジェスチャーを示しつつも、兄のプライドをへこまそうとしているのがありあり。津田の方もそういう狙いがわかっているから、ほんとうはお金が欲しいくせにあくまで欲しいとは白状せずに、「置いて行きたければ」などと「相手の意志の尊重」を身振りとして示す。こちらも偽の善意のジェスチャーにほかなりません。とくに津田は、自分の善意が借り着にすぎないことをわざと相手に見せつけて苛立ちを誘い、感情的な優越感を得ようとさえしています。

こうして『明暗』の会話は、表のなめらかで心地よい善意の誇示の裏に、口には出されない激しい情念や、苛立ちや、攻撃性といった陰の部分を抱えこむことになります。でも『明暗』の作家が読ませたいのは、まさにその陰なのです。だから、人物たちの間では極力抑圧されているそうした陰に果敢にメスを入れ、隠されているものを暴く、それが語り手の仕事となるわけです。台詞と台詞の間に挿入される地の文では、語り手はそれを行っている。

語り手の迷い

しかし、それではなぜ、地の文はあのように抽象的でわかりにくい言葉遣いとなる必要があるのでしょう。地の文でも出来事の成り行きを会話部分と同じようななめらかさで語っている部分はあるのに、とくに人物たちの心理に踏み入る段になると、急に難解な言葉が増えてくるのです。たとえば先の場面の少し後で、お延が宿敵であるお秀の嫁ぎ先の堀家を訪ねていく箇所があります。お延の心理は語り手によって次のように分析されています。

お延は堀の家を見るたびに、自分と家との間に存在する不調和を感じた。家へ入《は》いってからもその距離を思い出す事が屢《しばしば》あった。お延の考えによると、一番そこに落付いてぴたりと坐っていられるものは堀の母だけであった。ところがこの母は、家族中でお延の最も好かない女であった。好かないというよりも、寧ろ応対しにくい女であった。時代が違う、残酷に云えば隔世の感がある、もしそれが当らないとすれば、肌が合わない、出が違う、その他評する言葉は幾何《いくら》でもあったが、結果は何時でも同じ事に帰着した。

次には堀その人が問題であった。お延から見たこの主人は、この家に釣り合うようでもあり、又釣り合わないようでもあった。それをもう一歩進めていうと、彼はどんな家へ行っても、釣り合うようでもあり、釣り合わないようでもあるというのと殆んど同じ意味になるので、始めから問題にしないのと、大した変りはなかった。この曖昧《あいまい》なところが又お延の堀に対する好悪の感情をそのままに現わしていた。事実をいうと、彼女は堀を好いているようでもあり、又好いていないようでもあった。（一二三章、七〇～七一）
ここでも「不調和」とか「距離」「隔世」「評」「結果」「帰着」など、人間の内面を説明するのに、ずいぶん硬い言葉を使っているなあ、という印象があるのではないでしょうか。
ただ、ちょっと気になるのは傍線を引いたような箇所です。「釣り合うようでもあり、釣り合わないようでもある」とか、「好いているようでもあり、また好いていないようでもあった」といった、実に曖昧な言い方をわざとしている。このような言い方をしているところは他にもたくさんあります。『明暗』の地の文は硬くて理屈っぽい。いかにも観念的な言葉を不器用にこねくりまわして人物の心理を突いていくようにもみえるのですが、どうしても肝心の結論にはたどりつかないのです。少し後の場面を見てみましょう。
やがてお延の胸に分別が付いた。分別とは外でもなかった。この問題を活かすためには、お秀を犠牲にするか、又は自分を犠牲にするか、何方かにしなければ、到底思う壺《つぼ》に入って来る訳がないという事であった。相手を犠牲にするのに困難はなかった。ただ何処からか向うの弱点を突ッ付きさえすれば、それで事は足りた。その弱点が事実であろうとも仮説的であろうとも、それはお延の意とするところではなかった。単に自然の反応を目的にして試みる刺戟《しげき》に対して、真偽の吟味などは、要らざる斟酌《しんしゃく》であった。然し其所には又それ相応の危険もあった。お秀は怒るに違いなかった。ところがお秀を怒らせるという事は、お延の目的であって、そうして目的でなかった。だからお延は迷わざるを得なかった。
最後に彼女はある時機を摑《つか》んで起《た》った。そうしてその起った時には、もう自分を犠牲にする方に決心していた。（一二六章、七九）
ここではお延はお秀のところに乗り込んで、夫の女性関係について突きとめようとしています。ただ、いきなり教えてくれ、といってもうまくいくとは思えない。だからあれこれと戦法を考えている。そのひとつとしてお延は、お秀の好きな恋愛談義を持ち出すことにするのですが、それがただの恋愛談義に終わってしまっては意味がない。どこかで生々しい現実の話に接続させる必要がある。そうすれば、そこから津田の話題へと移ることもできる。そんな段取りを頭にいれながら、お延はまずは「自分を犠牲にする」ことで相手をこちらの話題に引き込むことを考えます。「自分を犠牲にする」とはこの場合は、わざと津田についての不満を口にして、自分たちの夫婦生活の失敗を話題にしてみせる、ということです。
傍線部はそんなお延の心の動きを、先の引用にもあったようなああでもないこうでもないという逆説含みの曖昧な逡巡で追いかけています。理詰めで攻めているのに、肝心のところでは答えがみつからない、ここでもそんな説明になっています。このような箇所を見てくると、語り手の理屈っぽい言葉遣いの硬さと、丁寧によって粉飾された会話のやわらかさとの対照性はよりはっきりします。どうやら台詞と地の文とは、正反対の方向を目指しているのです。人物たちの会話は、表面を取り繕おう、善意の衣で覆おうとしている。見せまい、隠そうとしている。そんな防御の身振りが、むしろやわらかさや心地よさとなって表れ出ている。少なくとも表面は矛盾なく、きれいに仕上がる。しかし、表面がやわらかければやわらかいほど、奥の闇は深い。逆説的です。やわらかさに、実に複雑な味が出てくる。

では地の文はどうか。語り手には暴こう、見ようとする身振りが際だっています。硬くて鋭い言葉が振りかざされ、容赦なさや、なりふり構わぬ一生懸命さが表れている。心地よさなどとは無縁。あらゆるものを分解し、場合によっては読者に嫌な思いをさせてでも、どこまでも真実を追求しようとする前のめりの姿勢です。とくに人物たちの心理に分け入ろうとするときには、そういう一生懸命さが際立つ。たとえば上記傍線部の語尾に注目してください。「真偽の吟味などは、要らざる斟酌《しんしゃく》であった。然し其所には又それ相応の危険もあった。お秀は怒るに違いなかった。ところがお秀を怒らせるという事は、お延の目的であって、そうして目的でなかった。だからお延は迷わざるを得なかった」。どうでしょう。こんなふうに「だった」の語尾を連ねると、息せき切るような切迫感が生まれるのがおわかりでしょう。これでもかと前へ奥へと突き進んでいく、そんな猪突猛進の勢いがある。

ここに読めるのは何より――すごく当たり前のことを言うようなのですが――人間の心理というも

のはおもしろいものである、とする視線ではないでしょうか。語り手は、どうやら人物たちに大きな興味を持っているのです。自分でこしらえた人間たちなのに、まるでそれが彼の手を離れて動き出したかのような、知らない者を前にしたような好奇心でうずうずしている。いったいこの人たちは何なのだ!? と興奮し、感動し、驚きあきれている。

だから語り手はたいへん真剣です。本気で人物たちを追いかけようとしている。緊張し、おののいたりもしている。怖がってもいるかもしれない。前のめりだけど、気圧され気味である。お延に対する語り手の扱いにはそんな様子が読みとれます。


津田は同じ気分で自分の宅《うち》の門前まで歩いた。彼が玄関の格子へ手を掛けようとすると、格子のまだ開《あ》かない先に、障子の方がすうと開《あ》いた。そうしてお延の姿が何間の間にか彼の前に現われていた。彼は吃驚《びっくり》したように、薄化粧を施こした彼女の横顔を眺《なが》めた。

彼は結婚後こんな事で能《よ》く自分の細君から驚ろかされた。彼女の行為は時として夫の先を越すという悪い結果を生む代りに、時としては非常に気の利いた証拠をも挙《あ》げた。日常瑣末《さまつ》の事件のうちに、よくこの特色を発揮する彼女の所作を、津田は時々自分の眼先にちらつく洋刀《ナイフ》の光のように眺める事があった。小さいながら冴《さ》えているという感じと共に、何処か気味の悪いという心持も起った。

（一四章、三七）


傍線部の語彙を見てください。「行為」とか「結果」「証拠」「事件」「特色」「所作」といった言葉はいわば「大人の言葉」です。太宰の『斜陽』で用いられていた「女子どもの言葉」とは対照的に、抜き差しならぬ真実を正確に射抜くための言葉。いかにも男っぽくもあるけれど、マッチョで筋肉質というのとは少し違う。そうではなくて、理知の光に宿るような男性性が振りかざされている。

　こうした男性性で言葉を武装させれば、語り手の人間心理に対する興味は、より真剣かつ深刻なものと見えてくるでしょう。語り手は心理を心理として扱うために、その舞台を整えているのだとも言えます。人間の心の動きは、好きとか嫌いとかいう簡単でやわらかい言葉でときほぐすこともできるけれど、こうして男性的な「大人の言葉」で語り直すこともできるのだ、と。そして、そうすることで心理というものを材料に、たいへん深遠で、高邁で、神秘的な世界をのぞきみることができる。漱石の語り手はこうして小説の言語環境の中に、しゃきっと背筋を伸ばしたような、ぎこちないほど真剣な領域を作り出そうとした。小説とは真面目なものである、大人の世界の営みなのだ、という思想が見える。

　しかし、そんな真剣さの身振りが、ひどくぎこちなくて不器用なのもまた否定できません。語り手が真剣になればなるほど、「だった」の連続に示されるような、なりふり構わぬ一本調子の態度になっていく。だから、語り手による地の文は、しばしばその身振りとは裏腹の結果に辿りついてしまうのです。大真面目で、一心不乱に切り裂き、暴き立て、断罪しようとしているのに、結論部では白か黒かがはっきりしないということになる。暴くからには議論を組み立て何かを主張したいはずなのですが、どこかでその議論が捨てられてしまうのです。

　ひょっとすると語り手は、はじめから真実には辿りつけないことがわかっているのかもしれません。

語り手が得意とするのは、「結果」とか「原因」とか「証拠」といった、因果関係のレトリックです。そこにはいかにも十九世紀的な科学主義がある。語り手はしばしば会話を中断して、注釈という形で自分の意見を差し挟もうともしますが、これは映画などで多用されることになるスローダウンやクローズアップとも似たやり方です。ちらりとほの見えた兆候をひと息にクローズアップし、真相に辿り着こうとする手法なのです。そこには近代的な「知」への意図的なのめり込みが見える。しかし、語り手はそのような「知」が、じっさいにはそれほど役に立たないこともわかっているのではないでしょうか。地の文の難解さや硬さは、たしかに真実を追求する容赦ない前のめりの構えを示すけれども、そこでは同時に、「真実など口にしはしまい」という語り手の逡巡が具現されてもいる。いや、逡巡というよりは畏れといった方がいい。ほんとうのことなど、そう簡単に口にできるものではない、おいそれと理屈で説明できるわけがないのだ、とそんな畏怖のようなものが透けて見えるのです。もちろんそれは、漱石自身の畏怖と重なります。

人物のやわらかい台詞は、「見せまい」という防御の構えの隙間からむしろ闇を見せる。対照的に、地の文の観念的な硬さは「見よう」という照射のジェスチャーにつながるようでありながら、まさにその観念性ゆえに大事な部分を陰で覆ってしまう。

それもこれも小説という言語環境ゆえのことだと言えるでしょう。観念の言葉がもし論文の中で使われれば、その観念性や抽象性がよみにくさとして大事に読まれることはない。文章がわかりにくければ、単に観念の操作ができていないとされるだけです。そんなものはただの悪文として切って捨てられる。しかし、一字一句が読まれるべき小説世界であれば、わかりにくさも機能の一部として読まれうるのです。だからこそ、会話部分のやわらかいわかりにくさもひねりの効いた味わいとして読まれるし、地の文のぎこちなさも小説世界を作り出すための演出として機能する。
『明暗』で人物の台詞のやわらかさとその裏に潜むものを引き立てるのは地の文です。硬くて難解で結論に辿りつかないような、それでも真実を、真実を、と前のめりになっているような読みにくい地の文。反対に、そんな地の文のわかりにくさを照らし出すのも、丁寧で流麗な人物たちの台詞です。異なるレベルの言葉がこんなふうにして互いの潜在力を引き出し合い、決して一本調子に「真実」などを指し示したりしないというのが、小説ならではの旨味だと言えます。『明暗』はそんな言葉の環境を果敢に切り開いた作品だと言えるでしょう。

『明暗』 一九一六年五月から十二月まで『東京朝日新聞』と『大阪朝日新聞』に計一八八回連載。漱石の病状悪化により中絶した。単行本は一九一七年、岩波書店刊。引用は新潮文庫版『明暗（上・下）』（一九五〇年）よりとった。

夏目漱石（なつめ そうせき、一八六七〜一九一六年） 日本の近代高等教育黎明期のエリートとして、英語教育、英文学研究を志し教員となるが、後に小説家に転じ、主に『朝日新聞』を舞台に数々の話題作を発表。代表作に『三四郎』『それから』『門』『道草』『こころ』『行人』など。

第3章 辻原登「家族写真」——「は」の小説と「が」の小説

短さの困難

この章でとりあげる「家族写真」は、この本で扱う作品の中でももっとも短いものです。文庫本で十頁あまり、三十分もあれば読めるかと思います。書かれている日本語もごくふつうで難解なところはありません。

しかし、油断してはいけない。短篇ほど難しいと言われています。短篇ほど書くのに気合いがいる。読者の方も、短篇ならではの凝縮された語りにきちんと反応するには、集中力が要求される。

実際「家族写真」は非常に濃度の高い作品です。物語の設定されているのは田舎町で、出てくるのも穏やかそうな人たちばかりなのですが、思わぬところで、どうということのない一言にどきっとさせられたり、あちこちに伏線が張られていたり、また短い作品ですから当然かもしれませんが、結末へ向けた展開もきわめて〝急〟です。短篇ならではの仕掛けが随所に張り巡らされていて、小説とはかくも精緻でありうるかと思わずため息が出るほどです。

作品の鍵になっているのは、ほかならぬ言葉という概念です。もっというと、言葉が誰に属するのか、ということが問題になっている。このごく短い物語の驚くべき力を生み出しているのは、人と言葉との付き合い方なのです。小説そのものが「言葉はいったいどこから来るものなのか？」という問いと密かに格闘しながら進んでいくようにも読めます。この章ではそのあたりに焦点をあてて話を進めていきたいと思います。

「が」と「は」のちがい

物語の舞台が設定されているのは紀伊半島の谷間の村です。海岸の町まではバスで一時間半もかかる田舎です。そこに住む一家の長女である女性が、通っていた県立高校の分校を卒業して、大阪の大きな電器会社の工場に就職をする。家族とは離ればなれになるわけです。そこで、いよいよ彼女が出発するその前日になって、お祝いに家族で記念写真を撮ろうと父親が言い出します。この写真撮影が小説のいわば肝となる出来事です。家族ははるばる町に出て写真館で撮影をするのですが、その際、みなの表情が硬いのを見た写真屋さんが「心のなかで、わたしはしあわせ、といってみてください」とアドバイスをします。おかげでとてもいい写真が撮れたようで、写真は後に引き伸ばされ写真館の窓に飾られることにもなります。しかし、父親はこの「わたしはしあわせ」という言葉に強い不安を抱きます。そんな言葉を口にしてはいけない、というような恐れのようなものさえ感じている。果たして、まるでそんな父親の嫌な予感が的中するかのように、家族には突然の不幸が襲いかかる……。

大まかなストーリーとしてはこんな感じなのですが、実際にはこのような粗筋紹介ではとても表しきれない細かい物語の襞のようなものがあちこちに陰影をつくっているので、それこそ一字一句読んでいくに価する作品となっています。

その微妙な襞の格好の例としてまずは冒頭部の一節をとりあげてみたいと思います。


役場の収入役、谷口《やぐち》の長女が県立高校の分校を卒業して、松川電器門真《かどま》工場に就職することになった。遠いところだ。谷間の村から真西に川沿い道をバスで一時間半揺られて海岸の町に出、そこから電車に乗り継いで、真北にさらに六時間上《のぼ》らなければならない。（九）

ごくふつうの出だしだとお思いになるかもしれません。特に奇をてらったところもない、地味なほど静かな始まりです。でも、この静けさがくせ者だと私は思うのです。

たとえば注目して欲しいのが最初の文の「が」です。「役場の収入役、谷口《やぐち》の長女が県立高校の分校を卒業して、松川電器門真《かどま》工場に就職することになった」とあります。たとえば「が」のかわりに「は」があったらどうか。「役場の収入役、谷口《やぐち》の長女は県立高校の分校を卒業して、松川電器門真《かどま》工場に就職することになった。」これでもいけそうです。小説の出だしとしてはむしろこちらの方がふつうかもしれない。でもなぜか「が」が選択されている。どうしてか。

まず「が」と「は」にはどのような違いがあるか考えてみましょう。一般に日本語の文法では「が」

は格助詞と呼ばれ、動作や状況の主体を表すとされます。主格を明示する役割を持つと言ってもいい。つまり構文の中で、その語がどのような役割を果たすかを明示するのが「が」なのです。これに対し、「は」は係助詞もしくは副助詞と呼ばれ、主題を提示します。その役割は「文で述べようとする事柄を、『……について言えば』といった気持ちで話題としてとりたて、それについての説明を導く」こと（『明鏡国語辞典』）。ただ、「が」が「新たな話題」を示すのに対し、「は」は「すでに話題になるなど自明な内容」（『広辞苑』）に言及し、強調や限定などのニュアンスを加えるのが特徴です。

これを踏まえて考えてみましょう。この冒頭部の助詞が「は」であれば、おそらくこの小説の主人公が「長女」であり、物語は長女を中心に進行するのだということが示されるように思います。「谷口の長女は……」と言った途端に、これから語り手は「長女」に寄り添いつつ物語を進めるのだろうな、出来事も「長女」の周囲で起きていくのだろうな、というニュアンスが加わるからです。語り手の〝意図〟が入ってくる。これに対し「谷口の長女が……」とあると、「長女」は物語の構成要素のひとつにしか見えません。数ある主体のひとつ。そもそも小説の冒頭部は「役場の収入役、谷口の長女が……」となっているのであり、ということは作品に足を踏み入れた私たちが最初に出会うのは「収入役、谷口」、すなわち「長女」の父親です。短篇ではしばしば、最初に登場する人物が主人公となることが多いので、私たちはむしろ父親が主人公ではないかと思うかもしれません。

このあたりに「が」を選択した理由がありそうです。「長女は……」ではなく「長女が……」となっているおかげで、読者にとってはこの物語の主人公が誰なのかわかりにくくなるのです。そのため、私たちは特定の人物に視点をさだめることなく物語の世界に入っていかざるをえない。

そんな曖昧な境地、やや居心地が悪くさえあるような中途半端な状況は冒頭部の別の表現によっても増幅されています。もう一度見てみましょう。傍線部に注目してください。

役場の収入役、谷口《やぐち》の長女が県立高校の分校を卒業して、松川電器門真《かどま》工場に就職することになった。遠いところだ。谷間の村から真西に川沿い道をバスで一時間半揺られて海岸の町に出、そこから電車に乗り継いで、真北にさらに六時間上《のぼ》らなければならない。　（九）

傍線を引いたところは、他の部分に比して何かが違わないでしょうか。どちらかというと淡々と事実を伝えているように見える前後の部分に対して、「遠いところだ」とか「上らなければならない」という言い方には、微妙に感情が感じられる。「遠いところだ」の「だ」や「上らなければならない」の「ならない」には、翻訳すると「遠いなあ〜」とか「上るのかあ、たいへんだなあ〜」といった言葉に変換できそうな、ちょっとした気持ちの表れが読み取れる。でも、これは語り手が自分自身の気持ちを露出しながら興奮気味に展開している語りのようには見えません。それにしては全体があまりに淡々としていて、おとなしい。静かです。語り手はあくまで中立的な第三者の立場を保っているようなのです。かといって、それでは語り手が人物の気持ちに入り込んでいくという意味での〝感情移入〟が起きているのかというと、これも違いそうです。そもそも私たちは人物をまだ知らないのだから、語り手が誰の気持ちを伝えてきているのかわからないのです。
そうすると、このように露出された感情には明確な行き場がないということになります。まだ誰のものにもならない気持ちが、ぽろっと出てきている。気持ちや感情というとかなり一般的な言い方になりますが、もうちょっとはっきりさせると、欲望とか、願いとか、恐怖。一見おとなしく平和で牧歌的に見えるこの小説の舞台の裏側に、そんな感情の世界がひかえているのが感じられる。ちらっと仄めかされているのです。そこで合わせて大事なのは、そのような感情の出所が見えないということでもあります。つまり、誰のものかわからない。この小説はまさにこの誰のものかわからないという感覚をめぐって展開するように思われます。

所有者不明の言葉

やや先走ることになりますが、ここで小説の結末近くに目を移しておきたいと思います。冒頭でも紹介したように、この短篇は谷間の村に住む純朴な一家に訪れた不幸を描いた作品として要約することができます。家族写真を撮りに行ったばかりに、まるでそれが原因であるかのようにして、一家のささやかな幸福が奪われる。

しかし、作品ではこのように〈幸福〉↓〈不幸〉という展開が明確に前景化されているわけではありません。〈不幸〉はたしかに訪れています。写真撮影の半年後、父親が事故死するのです。でも、その出来事はいきなりは描写されず、まずは泣き濡れて故郷に戻る長女玉緒の様子が描かれます。いったいどうしたんだろう、何が悲しかったんだろう、と読者は思うわけですが、そうすると玉緒があの半年前の写真撮影のときのことを想起しながら、そのとき立ち寄ったレストランを再訪する場面があったりします。やがて玉緒は写真館の前に立って、自分たち家族の写真が引き伸ばされて飾られているのをじっと見つめます。印象に残る場面です。玉緒はここで家族のひとりひとりを呼び出して、もう一度あの写真の通りに撮影を行おうとするのです。ところがそこで彼女は愕然とする。

しかし、玉緒は父親の姿をどうしても呼び出すことができない。呼ぼうにも、悪い夢の中みたいにもどかしく、声にも言葉にもならないのだ。父親が坐った椅子はかんたんに呼び出せた。玉緒の胸は灼けるように苦しくなった。……もうこの世にはいないということは、空想の場面からも排除されなくてはならないのだろうか。（二一）

父が亡くなったらしい。そのことがはじめてはっきりします。それを「……もうこの世にはいないということは、空想の場面からも排除されなくてはならないのだろうか」という玉緒の心持ちを通して示すというのもなかなか洗練された方法なわけですが、もうひとつ気をつけたいのは、ここで玉緒が父を呼ぼうとして、でも「悪い夢の中みたいにもどかしく、声にも言葉にもならない」と書かれているということです。
冒頭部の一節を読みながら考えたことをここで思い出してください。感情や気持ちの出所が不明だということに私たちは注目しました。ここでもそれと通ずるようなことが起きているのではないでしょうか。言葉とそれを発する人間との関係が揺らいでいるのです。冒頭部では、出所不明の感情がいきなりぬっと現れるということが起きていましたが、ここでは気持ちを持った人はいるのに言葉が出てこないという状況が生じている。どちらについても言えるのは、人物とその心との間に割れ目のようなものができているということかと思います。乖離がある。

小説中ではこの一節に続けて父親の死の詳細が語られるのですが、おもしろいのはここで例の「が」がまた出てくるということです。


所用で海岸の町まで出かけた収入役の乗った車が、七曲りの崖で、むこうからきた小型トラックを避けようとしてハンドルを切り損ね、三十メートル下の川に転落した。昇が松川の工場へ電話を入れると、玉緒は休暇を取って、小旅行に出かけていた。父親の死を知ったのは、その三日あと、つまりゆうべのことだ。（二一）

いろいろなことがここで付合してきます。なぜ玉緒が泣いているのか、なぜ玉緒はこんなふうな回りくどいやり方で父の死と向き合わねばならないのか、なぜ父親の死がこのように過去形で語られねばならないのか。どうやら玉緒と父親とは決定的な場面ですれ違ったようなのです。決定的な場面で、ともにいることができなかった。

それを象徴しているのが、今の引用部で傍線を引いた「が」ではないかと思うのです。冒頭部と同じような問いをここでも立てることができそうです。すなわち、なぜ「は」ではないのか？　たとえば「所用で海岸の町まで出かけた収入役の乗った車は、七曲りの崖で、むこうからきた小型トラックを避けようとしてハンドルを切り損ね、三十メートル下の川に転落した」でもよくはないでしょうか。いや、そのほうが自然ではないか。しかし、この作品では「は」ではなく「が」が選択されている。

私たちはその意味を読まなければいけないのです。

「は」であれば、この部分には明確なメッセージが読み取れることになります。「収入役の乗った車は、……川に転落した」。この一節は「は」に伴う強調のニュアンスのおかげで、主体である収入役の〈転落して死んだ〉という行為の物語として完結するでしょう。物語の中心となるのは〝父の死〟である。たとえ小説の主人公が玉緒であったとしても、彼女が生きるのはあくまで〝父の死〟という物語なのです。彼女は「父の死に見舞われる女」として立ち現れる。物語のあらゆる要素は〝父の死〟という悲劇を中心に整理されることになります。いろいろなことのつじつまも〝父の死〟を蝶番にして付合してくる。

しかし、「が」であることによって、私たちの受け取るメッセージはちょっと違ったものになります。「収入役の乗った車が、……川に転落した」。この一文だけでも、収入役が死んだことははっきりしますが、でも、私たちは「それで?」という反応をしてしまうかもしれない。というのも、「が」はたしかに主語を示しているかもしれないけれど、収入役が話題の中心であり、それが現在語られている物語のオチを形成するのだということまでは伝わってこないからです。まだ何かあるのか、という気になる。

つじつまの行方

そして、たしかに、まだ何かがあるのです。物語は〝父の死〟として完結するわけではなかった。あの冒頭部と同じように、収入役の谷口とその長女玉緒の間で、物語の主役をめぐってちょっとした綱引きが行われているようなのです。父の死の詳細が書かれた段落の続きを引用してみましょう。

父親の死を知ったのは、その三日あと、つまりゆうべのことだ。葬式はきのう済んだ。事故の現場があの七曲りの崖だと聞いたとき、玉緒は、そこでふたりの運転手が長々と話していた光景を思い出した。口の動きだけがみえて、声が聞こえなかったもどかしい感覚がよみがえった。あれは父親の死について打ち合わせをしていたのではないか。玉緒ははっとなって顔をあげた。

（二一～二二）

父親の死のこともちろん衝撃的ではあるけれど、小説の中でほんとうにハイライトされているのは「あれは父親の死について打ち合わせをしていたのではないか」と玉緒が思い当たる一節なのです。そのおかげで玉緒は父にかわり物語の主役として躍り出ることになる。この物語が〈玉緒の心の物語〉として立ち上がるからです。だから「が」なのです。

ここで玉緒が想起した場面――「ふたりの運転手が長々と話していた光景」――についてあらためて確認してみましょう。玉緒が大阪の工場に向けて出発する前日、谷口の一家は写真館を訪れる。何しろ、一家が住むのは町までバスで一時間半という所なので、道中もたいへんです。川沿いの道がくねくねと連なっている。その一箇所でバスは事故を起こした車に遭遇しました。事故車が停まっていると、カーブのきつい川沿い道では通り抜けるのにも難儀する。そのときの様子は次のように描写されています。

七曲りの崖で交通事故に出くわして、バスは立ち往生した。接触したらしい乗用車と小型トラックの運転手同士が車の外に出、崖に寄りそうかっこうで物静かに話し合っていた。バスが通れる道は、事故車に狭められてきわどかった。玉緒たちと他の乗客あわせて十二人はバスをおり、むこうまで歩かされた。小型トラックのそばを通ったとき、エンジンの冷える音が聞こえたから、事故はついさっき起きたばかりに違いない。玉緒はふたりが何を話しているのか聞いてみたくて耳を澄ませたが、あたりは静かで、川筋の言葉であることはたしかなのに、まるで外国語を話しているようにはっきりしなかった。
運転手がたったひとりだけ残ったバスは、ゆっくり、慎重に動きだした。収入役が川側の路肩に立って、バスを誘導した。（一〇）
こんな場面があったわけです。事故を起こした運転手同士が何を話しているのか聞いてみたいと玉緒は耳を澄ませるのだけど、どうしても聞こえなかった。そのときのことを玉緒は思い出した。そして「あれは父親の死について打ち合わせをしていたのではないか」と思ったというのです。そう考えると、より深層にある〝つじつま〟が見えてくる。さっき符合した〝つじつま〟よりも、もっと深い層にある物語が露わになるのです。玉緒にはさまざまな思いがよぎる——あのときのすれちがいは父の死のための予行演習だったのではないか？　あのときに事故に出くわしたせいで父は死んだのではないか？　それとも、ひょっとするとあのとき事故を起こすのは私たちのバスのはずだったのではないか？　しかし、家族は父の命と引き替えに助かった。いや、死ぬはずだったのは父だけで、その父が玉緒と最後の写真撮影を行うために生き延びることがゆるされたということか……。

もっと禍々しい想像もありえます。そもそも父を殺したのは玉緒なのではないか。小説の結末ではほんの数行で非常に多くのことが語られ、読者としてはあっと驚くほかないのですが、そこで暗示されているのは玉緒と父とのすれ違いです。

「……だめ。わたしは、父さんの言いつけを破ってしまった。もう決してしあわせにはなれない。だって、あんなにはっきり口にしてしまったんだもの」

それを初めて口走ったのは、小旅行で男といっしょの時だった。そっと、しかしありったけの力をこめて。それを聞いたのは、あの男ひとりだ。あの男が悪魔だったのかもしれない。玉緒の周辺から家族は消え、そのあとに、五、六羽の雀が強い日ざしを浴びて騒いでいた。（一二二）

男をつくって旅行に出かけ、その男にむけて禁じられたセリフである「あたしはしあわせ」をつぶやいてしまったことで、彼女は不幸を呼び寄せた。男が悪魔になった、とはおそらく玉緒自身の物語をも——その男に傷つけられた物語をも——示すのでしょう。そもそも男をつくるということは父に対する裏切りなのであり、その時点で彼女は父を殺したも同然だったのかもしれない。それを知っていたがゆえに父は、記念写真などということを言い出したのではないか。しかも父は娘の幸せのために、自分の死を願ってさえいた。

こんなふうにとめどなく物語の〝つじつま〟は生成してきます。玉緒による「あれは父親の死について打ち合わせをしていたのではないか」という想像をはじめ、どれもおそらくは事実ではない。でも、この小説に描かれるのは、事実ではないことをまるで事実であるかのように思ってしまう人物たちの弱さや愚かさや、さらにはやさしさや美しさの、その生々しさなのです。だから私たち読者もまた、そんな弱さや、愚かさや、やさしさや、美しさと等身大の地点に下りていくことで——あるいはそこまで上っていくことで——はじめてこの「家族写真」という小説をちゃんと読むことができる。

悪魔に聞かれたのは誰の言葉か

「家族写真」はあちこちに出所不明の言葉が配置されている作品です。冒頭部分の「が」「遠いところだ」「上らなければならない」といった言葉のニュアンスにはすでに注目しましたが、たとえば上記の引用箇所で出てきた、外国語のようにはっきりしない運転手たちの言葉もその一例です。彼らはいったい誰の言葉を話しているのか。また、写真館での撮影の際、館主にうながされるまま一家の面々が心のなかでつぶやいたあの「わたしはしあわせ」という言葉もそうです。そんなふうにして他人にうながされて語られる「しあわせ」とは、いったい誰の言葉なのか。

父はそんな言葉を口にするものじゃない、と警戒しました。悪魔にでも聞かれたら……と恐れた。言葉が一人歩きすることを父親は恐れていたようでもあります。ひょっとするとその「悪魔」は、まさに言葉を言わせた張本人である写真館の館主なのかもしれません。

「さあ、早く」

写真師はせっついた。

「ひとこと、たったひとこと、心のなかでつぶやくだけなんですよ」

写真師の顔は笑っていなかった。声に有無を言わさない調子がある。

「そう、それでいいんです」

また暗布の中に頭を突っこんだ。（一三）

彼自身が悪魔なのか、あるいは彼は悪魔の使者にすぎないのか。いずれにしてもこの場面の写真師の様子には何か禍々しい気配があります。おそらくそれは、言葉が単に言葉であるにとどまらずに何か別のものになってしまうという事態が暗示されているためではないかと思います。言葉が言葉以上の作用を伴って、こちらの人生に襲いかかってくる。父はそれを予感し、恐れた。父の恐れの根本には、人間と言葉との乖離、言葉と心との乖離といった問題があるのかもしれません。それは究極的には、人間の心の底にある無意識の部分に対する畏れにもつながる。しかし、この小説が見事なのは、そういうことを言う父親自身が、まさにこの乖離に巻き込まれているということです。父の言葉にもまた、他の人物たちの言葉と同じような不安定さがつきまとう。写真撮影を終えた家族に父が警告の言葉を吐く場面は、以下のように描かれているのです。

「海のあるところって、疲れるわ」

と母親があくびをかみ殺した。智と祐加は折り重なって眠っていた。

「あんな言葉は、ほんとうに口にしたら、ろくなことがない。もし、悪魔にでも聞かれてみろ……」

と父親はいった。しかし、母親にも玉緒にもはっきり聞こえなかった。繰り返すのが腹立たしげに、声をもう一度、充分通るように押し出した。

「あれをほんとうに口に出したりしたら、ふしあわせになるような気がする」

玉緒と母親は顔を見合せ、いぶかしそうにふたりで睫毛をふるわせた。　（一四）

言葉が聞こえない、届かないということが描かれています。一見、とても些末な一コマに見える。どうしてそんなことがわざわざ描写されるのか。でも、つじつまが合うとも思えてきます。というのもここでもまた、言葉が行方不明になっていると考えられるからです。届くはずの場所に届かなかった言葉は、届くべきでない場所に届いてしまったのかもしれない。本来聞かれて欲しくないところで聞かれてしまったのかもしれない。「もし、悪魔にでも聞かれてみろ……」という父の言葉こそが、悪魔に聞かれたのかもしれない――そんな想像が起きるのです。そういう読みを私たちがするように仕組まれている。

言葉はおそろしい。言葉は世界を支配する。未来をねじまげ、人生を破壊し、幸福を終わらせることだってある。しかし、それもまた〝つじつま〟にすぎないのかもしれません。「あのせいで……こうなったのか？」と悔いる私たちの気持ちの底にあるのは〝つじつま〟への依存です。言葉の世界への、盲目的なほどの信仰です。ほんとうは父親の死は正真正銘の事故死であり、一家が不用意に心の中でつぶやいた「わたしはしあわせ」という言葉や、玉緒が足を踏み入れた男との関係も、何ら影響は及ぼさなかったのかもしれない。「家族写真」という作品は、そのような〝つじつま〟の愚かさやむなしさを中心にすえた、本質的には悲劇ですらないひとつの乾いた出来事の描写にすぎないのかもしれません。
しかし、ここに小説のすごさが表れ出ていると私は思うのです。〝つじつま〟にすぎないのではないか、と思った瞬間にすでに私たちは作品の手の平に乗ってしまっている。〝つじつま〟にすぎないのか、それ以上のものなのか、という微妙な境地に私たちを導くのがおそらくは小説の最大の仕事なのです。〝つじつま〟に身をまかせて安心するのではなく、かといって〝つじつま〟を冷笑的に見下すのでもなく、どっちなのだろうと迷う。そんな境地を、こんなに短い分量で、言葉とその出所との関係を上手に操作しながら芸術的な手際とともに行っているのが「家族写真」という作品ではないかと思うのです。

「家族写真」　一九九〇年「文學界」五月号に掲載。「村の名前」で第一〇三回芥川賞を受賞した後の、受賞第一作だった。一九九五年刊の『家族写真』（文藝春秋）に収録。引用は『家族写真』（河出文庫、二〇一一年）よりとった。

辻原登（つじはら　のぼる、一九四五年〜）　知的な構築性と端正な文章で知られる作家。パスティーシュなども得意とする。代表作に『飛べ麒麟』『遊動亭円木』『花はさくら木』『許されざる者』『闇の奥』『韃靼の馬』など。鋭い批評性も備えており、『東京大学で世界文学を学ぶ』『熊野でプルーストを読む』など批評の著作もある。

II

「女の言葉」に耳をすます

第4章 ■ よしもとばなな「キッチン」

――いきなり「好き」はないでしょう?

〝読みやすさ〟の罠

第1章で太宰治の『斜陽』を扱ったとき、文章の心地よさというものには注意した方がいいと私は言いました。

自由自在に手際よく心地よさを生み出す。これは小説の入り口かもしれません。でも、その先がなければ小説は成就しない。心地よさをつくりあげたうえでそれを破ること。それを壊すこと。それがなければ小説は小説にはならない。

小説の文章にはいろんな仕掛けが凝らしてあるもので、太宰のように一見した丁寧さや読み心地のよさの背後からそれを覆すような要素がふっと顔を覗かせることもあるけれど、冒頭から尋常ならざる気配がただよっていて思わず身構えてしまうこともある。小説の文章というのは、いかにも小説の文章のような顔をしているものです。小説ではない文章とはひと味違いそうな何かがにじみ出している。実際、太宰にしても漱石にしても、あるいは辻原登にしても、どこか文章が読みにくかったり、こわばっていたり、ずらされていたりと、単純な意味で読みやすいとは言えない文章を書いています。しかし、小説というのは不思議なもので、そのような〝読みにくさ〟でこちらを寄せつけないガードの堅さを感じさせる一方で、妙にこちらを引きつける力をも持つ。場合によっては、〝読みにくさ〟がまさに魅力の一部となったりするのです。はじめの三つの章ではそうした仕掛けを読み取るための目の付け所について考えてきました。

第Ⅱ部ではちょっと傾向の違う作家を読んでみたいと思います。最初はよしもとばななです。取り上げるのは、一九八七年に「海燕」新人文学賞を受賞したデビュー作「キッチン」。

よしもとばななの文章は、私たちがこれまで見てきたような〝読みにくさ〟とは対極にあるように見えます。こんなにわかりやすく、さらっと読めてしまう小説があっていいものかと思うほど。まるで児童向けのお話のようにひらがなが多く、改行も頻繁、読み心地もたいへんやわらかく、やさしい。骨やら筋やらはきれいに取り去られ、ひっかかりなしに安心して読める。

でも果たしてほんとうにそれだけなのでしょうか。そんな表向きの〝読みやすさ〟に安心するだけでいいのでしょうか。よしもとばななの文章のほんとうの魅力について考えるためには、まさにこの一見した〝読みやすさ〟に秘められたものについてあらためてさぐってみる必要があるような気がします。

まず出だしから見てみましょう。冒頭部は次のようになっています。あちこちで引用されてきたものなので、読んだことがあるという人も多いのではないでしょうか。


私がこの世でいちばん好きな場所は台所だと思う。

どこのでも、どんなのでも、それが台所であれば食事をつくる場所であれば私はつらくない。できれば機能的でよく使いこんであるといいと思う。乾いた清潔なふきんが何枚もあって白いタイルがぴかぴか輝く。（九）

語り手はどんな顔

読みやすさがとても印象的です。こちらを寄せつけないようなガードの堅さもないし、「これから、あなたの知らない世界に連れて行くからね」というモノモノしさもない。見知った世界がいきなりぱっと出てくるので、拍子抜けするほどです。私たちが小説に期待するような、奥深い闇とか、神秘とか、複雑な心理といったものとは無縁のようにも見えます。

しかし、この冒頭部にすでにいくつかの仕掛けが見られます。そのあたりに意識的になっておくことが、後々小説の山場を読み進める際にも生きてくる。まず目につくのは、語り手がすごく肯定的だということです。もっと簡単にいうと、この人はやけに褒める。喜ぶ。前向きなのです。そもそも第一文は彼女が「いちばん好きな場所」について言っている。これは意外と珍しいことです。考えてみると、小説というのは嫌なことから語りはじめることの方が多いのではないか。

　これは大事なことなので、念のために確認しておきましょう。なぜ小説というものは、嫌なことからはじまることが多いのか。それはおそらく、私たちにとって魅力的だと思えるような小説的な緊張感というものが――つまり、「この先、いったいどういうことになるのだろう？」という物語的な興味の力というものが――暗い不明感とか、困難とか、苦しみなどを通しての方が表現されやすいからではないかと思います。まず〝葛藤〟があるといい。

　それをもっとも純度の高い形で表現するのは推理小説の形式でしょう。最初に殺人事件がある、というパターンです。殺人事件にこめられた暗い秘密をいかに白日の下にさらして解明し、安心し、納得するかという方向で物語が構成されていく。暗→明というベクトルがあるのです。推理小説のように明瞭な形でではなくとも、「いったいどうなるのだろう？」と思わせることは小説のもっとも基本的な推進力をつくるような気がします。

　ところが「キッチン」はまず「いちばん好きな場所」からはじめてしまう。暗→明というプロットをはじめから放り出しているのです。不明でも、困難でもない。むしろ明瞭さと解放のシグナルです。唯一の例外は「つらくない」という言葉で、ここは敏感な人は引っ掛かるかもしれない。たしかに後々、これが生きてきます。でも全体を覆うのは白く明るい光です。しかもそこで使われている言葉は、これはわかりやすさとも連動しているのですが、無防備なほど紋切り型です。台所を「機能的」とか「よく使いこんである」といったふうに形容したり、「白いタイル」が「ぴかぴか」なんて言ったりする。まるで安い広告の宣伝文。さんざん使い古されてきたありきたりの言い回しに聞こえる。それこそカビが生えていそうです。小説家というものは、「ここから先は異世界だよ」と言わんばかりに、これまで誰も使ってこなかった独特の言葉遣いをするものではないか。実際、これまでとりあげてきた作家も、あるいはこれから出てくる作家も、言葉の意味をずらしたり過剰な言い方をしたり構文をいじったりといろんな工夫を凝らすことで個性を発揮しています。

なぜ、よしもとばななはこんな書き方を選んだのでしょう。その答えのひとつは語り手の〝顔〟にあります。どうでしょう。この出だしを読んで、みなさんはいったいどんな語り手を想像するでしょう。いや、顔といっても、鼻が高いとか目が大きいとかそういう意味ではありません。もっと簡単なこと。私がまず確認したいのは、この人、男に見えますか？　女に見えますか？　ということです。

「私がこの世でいちばん好きな場所は台所だと思う」という出だしを読んで、その語り手が男だと思う人はあまりいないのではないでしょうか。第1章で『斜陽』を扱ったときにも確認したことですが、日本語は言葉の選び方でジェンダーを表すことのしやすい言語です。この第一文に表れた言い方、とくに「一番好きな場所は……だと思う」というような語り口には、私たちは「女性性」を感じてしまうはずです。なぜか、と訊かれると意外と簡単には答えられないのですが、おそらくひとつには「……が好き」という言い方を〝女性的なもの〟とする社会の約束のようなものが作用しているのではないかと思います。「台所」が好きという点も、やはり社会の約束に照らして〝女性的〟かもしれない。作者は明らかにそれらの〝社会の約束〟を意識していると私は思います。そして語り手にことさら〝女〟っぽく語らせようとしている。

それだけではありません。同じ〝女〟でも、この女性にはもうひとつ大事な特徴がある。若い、ということです。それはたとえば「どこのでも、どんなのでも」といった舌足らずで、どことなく無駄に言葉を費やしているように見える部分などに表現されているでしょう。いちばん好き、なんて言ってしまえる無邪気さも〝若さ〟の指標です。

若い女。「キッチン」では、語り手のこの顔が非常に大事なのです。この小説は是非とも若い女に語られる必要がある。小説ならではの出だしを放棄してでも、いかにも若い女らしい口調を作り出さねばならない。実は、出だしからまもなくすると語り手は自分が桜井みかげという大学生だと自己紹介するので、すぐにこの人が若い女であることははっきりします。そうすると語り口がことさら〝若い女〟である必要もないようにも思えるかもしれません。でも、そうでもないのです。情報として「語り手は若い女だ」と知ることと、いかにも〝若い女〟な語り口を体験することとは、読者にとって必ずしも同じことではないのです。

ありえないストーリーのために

では若い女に語らせることで「キッチン」は何をしようとしているのでしょう。このあたりで作品の粗筋を確認しておいた方がいいかもしれません。

主人公桜井みかげは大学生。両親がそろって若死にし、長らく祖母とふたりで暮らしてきましたが、その祖母がついに他界、天涯孤独となってしまう。そこへ急に、祖母と親しかった田辺雄一という同じ大学に通う大学生が現れ、同居しないかと誘ってきます。田辺は母とふたり暮らしなのですが、実はその母は男で、ゲイである。つまり、ほんとうはお父さん。お母さんとはずっと前に離婚していま す。みかげは田辺の家に居候することにし、みかげと田辺の間に微妙な友情が芽生え……というストーリーです。

こうして粗筋をまとめると、何ともご都合主義のありえない展開のようにも思えるかもしれませんが、読んでいるとこの荒唐無稽というかおよそ現実感のない設定や展開が、それほど違和感なく読めてしまいます。それは何より言葉の力によるものだと私は思います。構成とか謎解きといった要素で読ませる作品ではありません。とにかく一語一語の選び方がとても凝っているのです。一見、思いつきの言葉が多く、場当たり的で幼稚で単純に見えることもあるかもしれませんが、それは罠。

「キッチン」には鍵となりそうな箇所がいくつかあります。あ、ここで物語が前に進んだな、と思わせるような明瞭なターニング・ポイントがある。その中からとくに大事そうなものを三つほど引用してみたいと思います。まず最初は、みかげが雄一の同居の誘いを受ける場面です。


悪く言えば、魔がさしたというのでしょう。しかし、彼の態度はとても〝クール〟だったので、私は信じることができた。目の前の闇には、魔がさす時いつもそうなように、一本道が見えた。白く光って確かそうに見えて、私はそう答えた。

彼は、じゃ後で、と言って笑って出ていった。（一三）

この小説のもっとも〝ありえない〟箇所のひとつだと思います。常識的に考えれば、いくら祖母の知り合いだからといっても見知らぬ学生に「一緒に住もうよ」と誘われて、「はい、そうですか」と言う若い女性はあまりいないように思います。しかし、主人公のみかげは彼の態度が〝クール〟だったといういい加減な理由でその提案を受け入れるのです。そこを読んで、「ありえない。もう、読むのやめた」と思う人もひょっとしたらいるかもしれません。

でも、私はやめませんでした。それは、そのあとの一節がとても印象的だったからです。彼の誘いにみかげは「……じゃ、とにかくうかがいます」と答えてしまうわけですが、そのときの彼女の心境は「目の前の闇には、魔がさす時いつもそうなように、一本道が見えた。白く光って確かそうに見えて、私はそう答えた」と説明されているのです。ぜんぜん説明にはなっていないのですが、まさにその説明になっていないところが、その飛躍ぶりがいいのです。魔がさした、という気持ちについて書くのに、実際に気持ちを分析したり形容したりするのではなく、「一本道が見えた」と言ってしまう。何と無責任なことか。何ときまぐれな語りか。

おそらくこの「一本道が見えた」という箇所にいらいらしたり、許せなくなったりする人に罪はないのです。そこは「え？」と思ってもいい箇所です。ちょっとしたルール違反が行われているから。たとえば、人の気持ちにはちゃんと根拠があるものだ、とか。女性は身の安全を第一にする、とか。人は欲望に裏づけられていない行動はとらないものだ、など。こうしたいわば心理のルールのようなものがふつうは小説中の人物の行動を基礎づけている。ところが今の箇所では、それがあっさりうち捨てられています。

でも、小説家にはちゃんとアリバイがあります。この小説ではそういうルール違反がありうることがあらかじめ提示されているのです。そこで機能しているのが、若い女という〝顔〟なのです。「いちばん好きな場所は台所」なんていうことを平気で言ってしまう人なら、平気で「一本道が見えた」なんていう薄弱な理由で引っ越すかもしれない。引っ越しそうな気がする。私たちはいつの間にかその薄弱な世界に引き込まれているのです。

　しかもおもしろいのはこの「一本道」のイメージが、むしろ〝若い女〟からの微妙な飛躍を示してもいるということです。その白々とした明瞭さはもちろん出だしの「白いタイルがぴかぴか」にも通ずるのかもしれませんが、ただ、「魔がさす」という心の迷いを表すにしては、ずいぶん硬質で、抽象的で、いわば男っぽい表現ではないかとも思います。〝若い女〟丸出しのはずが、そうでないものに小さくジャンプする瞬間となっているのです。

　小説の中でしつこいほど若い女という〝顔〟が表に出ていたのは、このあたりに理由があるのではないかと思います。そこにはふたつの側面がある。ひとつは若い女の語りのおかげで、〝おじさんのルール〟の小説では考えられないような展開が可能になる、ということです。いかにもおじさん的なきっちりと論理の整った欲望ではなく、そういう論理から軽々と逸脱するような欲望。欲望なんて暗い重苦しい言葉すらいらなくなる。何しろそこに漂っているのは、「いちばん好き！」とさらっと口にしてしまえるような気分なのですから。

　しかし、それだけではありません。小説はそうやって〝おじさんのルール〟から自由になるのですが、ではその〝若い女のルール〟に安住するかというと、そうでもない。そこからも自由になるのです。自由になって、ふと〝男〟になってみたりするというわけです。

小説の中でしか言えない言葉とは

次にあげたいターニングポイントは、田辺雄一の女性関係にかかわる箇所です。雄一には付き合っている女性がいたけど、どうもうまくいっていない。みかげはそれが自分との同居のせいだと思っているけど、どうもそうでもないらしい、というくだりです。


彼は、ものすごく悲しんでいるのだ。

さっき、宗太郎は言っていた。田辺の彼女は一年間つきあっても田辺のことがさっぱりわかんなくていやになったんだって。田辺は女の子を万年筆とかと同じようにしか気に入ることができないのよって言ってる。

私は、雄一に恋していないので、よくわかる。彼にとっての万年筆と彼女にとってと、全然質や重みが違ったのだ。世の中には万年筆を死ぬほど愛している人だっているかもしれない。そこが、とっても悲しい。恋さえしていなければ、わかることなのだ。

（四二～四三）

田辺と彼女との間にはもともと問題があったらしいのです。そしてそれはどうやら彼女の方の問題というよりは、田辺の問題であるらしい。
みかげは「彼は、ものすごく悲しんでいるのだ」と、雄一の悲しさを見て取ります。「ものすごく悲しんでいる」という言い方には感情移入が見られ、果たして引用最後あたりの「とっても悲しい」

という言い方には、その悲しさが田辺のものなのか、みかげのものなのかほとんど区別しがたくなっているような境界不明の感覚が出ています。

そこであらためて思うことがあります。出だしの「私がこの世でいちばん好きな場所は台所だと思う」という一文の「好き」という感情は、「私が」という主語を持っていながらもすごく曖昧に溢れだすような、世界全体を覆うような非常に拡散的な感情だったということです。言葉の意味の上では「好き」なのはあくまで「私」なのであり、ということはそれはたいへん個人的な感情にすぎないはずなのですが、〝若い女〟という顔を使って効果的に強調された、伸び伸びした無邪気さと肯定性を前面に出すことで、まるで「あなたも私も世界中の人はみんな台所が好きであってもおかしくない」とでもいうような、超個人的な〝気分〟がそこには漂うことになるのです。

このように個人を超えた〝気分〟のようなものが作品を覆ってしまうのは「キッチン」の大きな特徴です。しかし、そのような〝気分〟の横溢のところどころに、こちらをはっとさせるような認識が挿入される。そこが大きな読み所ともなります。冒頭部の「つらくない」という言葉は、まさにその予兆だと言えるでしょう。語り手の肯定性や前向きさに、暗いものや悲しいものや複雑なものが差し込んでくるのです。プロットにもそれが表れています。「キッチン」では暗↓明というプロットとは反対に、白々と明るいものの中に急に暗く見えにくいものが見出されていくような、いわば明↓暗という展開が話を進めます。それは言わば、若い女がそうではないものになっていくというプロセスでもあるのかもしれません。その「そうではないもの」は単なるおばさんとか、ましてやおじさんなどではないのでしょうが、ただ、少なくとも〝女〟というカテゴリーからの逸脱が大事であることはまちがいないのです。

今の引用箇所でも、雄一と彼女の関係についてのみかげの洞察にはとてもおもしろいものがあります。雄一は「女の子を万年筆とかと同じようにしか気に入ることができない」という。それまで比較的ベタな会話や心理の描写が続いたこともあり、このタイミングでこのような比喩が出てくると、一瞬、何のことかわからなくなります。「一本道」と同じで、この一瞬の飛躍感は絶妙です。もちろん、比喩の意味を私たちの常識にひきつけて理解することは不可能ではありません——男と女の関係でしばしば女性から漏らされる不満と言えば、男が女を所有物としか見ないとか、対等に語り合おうとしないとか、あるいは都合よく使おうとするとか。万年筆の喩えはその辺のことについて言おうとしているのかもしれない。そう考えると、案外、凡庸な比喩とも考えられる。

しかし、それを万年筆というイメージに閉じこめておくことで、語り手のみかげはそのような物の見方から距離をとってもいます。そして距離をとったうえで、次のようなことを言う。「彼にとっての万年筆と彼女にとってと、全然質や重みがちがったのだ。世の中には万年筆を死ぬほど愛している人だっているかもしれない」。これは雄一自身が口にしても言い訳にしかなりません。かといって、雄一を恋しているという雄一の彼女もこれを言うことはできない。少し離れたところからだからこそ、みかげはこのようなことが見えるし、言える。そして少し離れたところにいるからこそ、その言葉には重みが出る。まさに小説の語りだからこそありうる言葉なのです。人物に肉薄しているけど、距離を置いていることで、人物のものにはならないで済んでいる言葉です。

みかげがこんな洞察を行うことができるのは、「雄一に恋していない」からです。この「恋していない」という立ち位置は実に微妙なものです。「恋していない」とは、単に関係ないとか興味ないとかいうことではありません。むしろ、今にも恋するかもしれないという気配を含んだものでなければいけません。でも、まだ、そうではない。そしてそんな表舞台には立てない感情は、単純に表現されてしまうこともできない。じっと見ているだけです。

こうしてみると、ここではみかげの変化が印象的です。もはや単なる〝若い女〟の科白ではない。冒頭で「私がこの世でいちばん好きな場所は台所だと思う」と言っていたみかげは、小説が中盤から後半へと進んでいくと、こんなことを考えたり語ったりする人となっている。ずいぶん変わったなあ、という気がするのではないでしょうか。でも、それもこれも、あの冒頭の一節に仕組まれていたことだったのです。

小説の壊し方

「キッチン」の最大の事件は「祖母の死」です。そういう意味では雄一との顚末も所詮はサブプロットなのかもしれません。いかにみかげが「祖母の死」と向き合うか、それが物語の最大の動機となっていると言ってもいいでしょう。

しかし、それは何と〝ふつう〟な話でしょう。親の死であれば、もしそれが早いものであれば、たいへん悲劇的な事件となるかもしれません。しかし、祖母の死というのは、もちろん悲しくはあっても不条理であるとまではいえない。老いた人が亡くなるのは、赤ん坊が生まれてくるのと同じくらいに、私たちにとってはありふれたことです。多くの人が体験しているような、わかりやすい出来事である。社会の中にもそれを持ちこたえるだけの受け皿ができている。それは事件とはなりにくいし、だから物語ともなりにくい。

ところがこのあたりがよしもとばななの勇敢なところだと思うのですが、物語の重要なステップとなるところで、みかげは祖母のことを想い出し、あらためて「わんわん泣いた」というのです。そんなふつうなことを書いてしまったら、小説にしまりがなくなるのではないかと心配になるところです。場面はバスの中でみかげが、小さな女の子とおばあさんの会話を耳にするところから始まります。


いいなあ。

私は思った。おばあさんの言葉があまりにやさしげで、笑ったその子があんまり急にかわいく見えて、私はうらやましかった。私には二度とない……。

私は二度とという言葉の持つ語感のおセンチさやこれからのことを限定する感じがあんまり好きじゃない。でも、その時思いついた「二度と」のものすごい重さや暗さは忘れがたい迫力があった。
（四九）

こんなふうにいったん語り手は内省のモードになります。「二度とという語感のおセンチさやこれからのことを限定する感じがあんまり好きじゃない」なんていう、ちょっととんがった一節もあるけれど、全体にはごくふつうの〝若い女〟の感傷とも読めます。ところがその次に急展開がある。

と、私は神かけて、そういうことを結構淡々と、ぼんやりと考えていた、つもりだった。バスに揺られながら、空のかなたに去ってゆく小さい飛行船を目でなんとなくまだ追いかけながら。

しかし、気づくとほおに涙が流れてぽろぽろと胸元に落ちているではないですか。

たまげた。

自分の機能がこわれたかと思った。ものすごく酔っぱらっている時みたいに、自分に関係ないところで、あれよあれよと涙がこぼれてくるのだ。次に私は恥ずかしさで真っ赤になっていった。それは自分でもわかった。あわてて私はバスを降りた。

行くバスの後ろ姿を見送って、私は思わず薄暗い路地へ駆け込んだ。

そして、自分の荷物にはさまれて、暗がりでかがんで、もうわんわん泣いた。こんなに泣いたのは生まれて初めてだった。とめどない熱い涙をこぼしながら、私は祖母が死んでからあんまりちゃんと泣いてなかったことを思い出した。（五〇）

「しかし」というところから先がほんとうにうまい。急に「……ないですか」なんていう、突っ込み的な語尾になる。「たまげた。」というひと言で終わる一行。「自分の機能がこわれたかと思った」というぎこちない比喩。「ものすごく酔っぱらっている時みたいに」なんていう喩えもやけに散文的。まるで語り手が言葉のコントロールを失っているかのように見えます。しかし、コントロールを失った語り手の姿を通し、私たちは語り手が一杯一杯のところで体験しているのらしい危機や動揺や、そして浄化を思い知るのです。語り手のみかげはいわば捨て身で、自分の語り手としての機能停止の様子をさらすことで、むしろ表現したいことを表現している。この章の冒頭で、太宰の章で述べたことを引用しましたが、今一度それを繰り返しましょう。小説で大事なのは、「心地よさをつくりあげたうえでそれを破ること。それを壊すこと。それがなければ小説は小説にはならない」。そしてその機能停止は、女の顔にふと男っぽい不器用さや、攻撃性や、冷静さがきざすことで引き起こされるのです。

〝若い女〟の語りはこうして小さく破綻するのです。亡くなった祖母を思って泣くなんていう、いかにも若い女のふけりそうな感傷的なふるまいを、若い女という設定を壊さない程度に、しかし、言葉の上では〝女〟という社会の約束からはみ出す形で行う。そこで大事なのは感情にふけりながらも、その感情の一歩外に出て行くことのできるしぶとい自意識でしょう。「次に私は恥ずかしさで真っ赤になっていった。それは自分でもわかった」とありますが、鏡も見ていないのにどうして自分が「真っ赤」だとわかるのか。自分の「真っ赤」を感じ取ってしまうくらいの鋭敏な自意識がそこには働いているのでしょう。だから、みかげは「私は祖母が死んでからあんまりちゃんと泣いてなかったことを思い出した」なんていう、たいへん〝クール〟な認識に達することもできる。

私たちが「キッチン」を読めるのだとしたら、「私がこの世でいちばん好きな場所は台所だと思う」という不自然なほどに前向きで、無邪気で、自他の境界をこえて感情や気分の横溢してくるような、私たちがいかにも〝若い女〟のそれだと決めつけそうな語り口のあちこちに、そうではないものが顔をのぞかせてくるその妙味ゆえだと思います。小説とは言葉を構築するものですが、同時に壊す作業でもあります。私たち読者は言葉がつくられていくそのプロセスに引き込まれる一方で、やがてそれがずれたり亀裂を生んだりする段階にも敏感でなければなりません。それがまさに、物語が前に進むということなのですから。

「キッチン」　一九八七年第六回「海燕」新人文学賞受賞作。翌年の単行本『キッチン』（福武書店）に収録。引用は新潮文庫版（二〇〇二年）よりとった。
よしもとばなな（一九六四年〜）　従来の「文学性」にとらわれない身軽な文体で、これまで小説になりえなかった心理の襞や断片までもすくい取る。作品に『うたかた／サンクチュアリ』『TSUGUMI』『アムリタ』『もしもし下北沢』『どんぐり姉妹』など。

第5章■絲山秋子「袋小路の男」

――ずいぶん小さい声の語り手です

法律と小説

男女雇用機会均等法という法律があります。字面のとおり、男と女が同じように雇用の機会を与えられることを保障しようとする法律で、元になった勤労婦人福祉法が制定されたのは一九七二年、その後、八〇年代と九〇年代にそれぞれ改定があり今の形になりました。

なぜいきなりこんな話をするかというと、一九八五年にあったこの法律の改定の結果、日本の働く男と女の関係が大きく変わったと言われているからです。簡単にいうと、これ以降、（少なくとも名目上は）就職の際の男女差別がぐっと少なくなり、会社の中でも女は男と同じように働く権利を与えられるようになったとされています。はじめてこの法律の恩恵を受けることになった世代は均等法第一世代と呼ばれ、たしかにその中には、今、会社社会の第一線で活躍している女性がたくさんいます。

もちろん言うまでもないことですが、均等法ができて単純に男と女が同じように働き、同じように生きるようになったわけではありません。法律の影響は大きかったけれど、すべてが「均等」に向かったという単純な話ではありません。しかし、たとえある程度名目であったとしても、「均等」という呼び声とともに〝男〟とは何か？　〝女〟とは何か？　ということについて人々があらためて意識を向けるようになったのは間違いありません。そしてそれぞれの性の持つ意味合いについて、今までとは違う考え方をする人も出てきました。こうした問題の専門家と言われるのは〝フェミニスト〟と呼ばれる人たちですが、そういう狭い専門家のサークルを超えて問題が共有されるようになったのは意味深いことです。

この章で取り上げる絲山秋子は一九六六年生まれで、ちょうどこの「均等法第一世代」にあたります。彼女には企業に勤めた経験もあり、会社員が主人公となる作品も数多く書いています。「袋小路の男」でも、主人公の女性が会社勤めをするようになるという点が小説の展開上それなりに意味を持っています。そんな絲山の小説で、男と女のことがどのように描かれているか、そこに注目したいと思うわけです。言葉の使われ方を出発点に丁寧に読んでいくと、男女の関係の変化が小説の書かれ方にも微妙に影響を及ぼしていることが見えてくるのです。

もともと絲山秋子は登場人物の造形に際して既存のステレオタイプをうまく利用する作家です。ちょっと不良っぽい音楽少年とか、不機嫌な専業主婦とか、草食系のやさしい理系少年といった類型的な枠の中に、「ああ、いるよね」と思わず言いたくなるような〝キャラ〟を描き出し、そうすることで小説の土台をつくる。しかし、「ああ、いるよね」で終わったら小説にはなりません。作家のほんとうの腕の見せ所はその後です。「ああ、いるよね」と思わせておいて、いつの間にかそこら辺にはとてもいないような、ぜったいこの小説の中にしかいない人物をつくりあげてしまう。絲山秋子はそういうことのできる作家なのです。

「あなた」は決して話を聞くことがない

「袋小路の男」のストーリーは驚くほど単純です。主人公の「私」が高校の同級生に片思いをする話。ほとんどそれだけです。ネタめいたものもなく、とにかくこの「私」の、彼に対する一途で報われない思いを何年にもわたって描くことがすべてです。しかし、そんな設定の単純さをむしろ生かして、言葉の冒険が繰り広げられます。冒頭の一節にその仕掛けの一端が示されているので見てみましょう。

あなたは、袋小路に住んでいる。つきあたりは別の番地の裏の塀で、猫だけが何の苦もなく往来している。（九）

どうということのない一節と思えるかもしれませんが、ひとつとても気になることがあります。この小説を読む上で決定的なほど重要な要素です。この語り手はいったい誰に対して語っているのか、ということです。
冒頭の一節からわかるのは、語り手が私たち読者に向けては語ってはいないということです。彼女はあくまで「あなた」に対して語っている。しかし、皮肉なことに、「あなた」と呼ばれる青年はおそらく彼女のこの語りを耳にすることは一生ない。そのかわり、その語りが本来向けられていないはずの私たち読者が、彼女の青年に対する語りをたまたま耳にするという構造になっているのです。

なぜこの作家はそんなややこしい仕掛けをつくるのでしょう。彼が話を聞いてくれないなら、まっすぐ私たち読者に向けて語ればいい。彼のつれなさや、だらしなさや、魅力について、思う存分私たちに言いつければいい。その方が、自分の語りに耳を傾けてくれない「あなた」に向けて語るよりよほど効率がよさそうだし、彼女だって辛くはないのではないか。きっと私たち読者は彼女の不幸に対してそれなりに親身になれるし（何しろ読者というものは好きこのんで人の話を読むくらいだからお節介で物好きなのです！）、彼女だってそういう同情的な読者を想定した方が語りの満足を得られるはず。大きなお世話かもしれませんがそんなことを考えたくなります。

しかし、彼女がこのような語りの方法をとった理由はまさにそこにあるのです。彼女が語りたいのは、彼がどんな人間であるか、彼と自分との間にどんな出来事があったか、ということでもあるけれど、それより重要なのは、自分が決して彼に話を聞いてもらえない人間だということなのです。

ずいぶんひどい話です。哀しいとも言えるし、「何なの、その男。あんまりだ」と怒りを覚える人もいるかもしれません。実際、彼の行状ときたらあきれるものです。彼女に関心がないならちゃんとそう言ってやればいいのに、彼女にふられたり、怪我して落ちこんだりしたときにだけ利用しておいて、彼女がいよいよ期待しはじめたようなタイミングを見透かしてすごく意地悪なことを言ったりする。

この小説の中でもとりわけ印象に残る場面をひとつ引用してみましょう。彼は袋小路にある実家で階段から落ちて背骨を折り、入院します。ところがこの〝事故〟には実は隠れた真相がある。一種の自殺未遂だったのです。小説家志望の彼は、なかなか認められるような作品が書けず、日々アルバイト暮らし。つきあっていた女性にも振られ、ある日薬と酒を飲んだあげく二階のベランダから飛び降りたらしいのです。でも、結果死にきれず、這って家に戻って自分で救急車を呼んだ。何というみじめな真相でしょう。しかし、そんな彼のために主人公の「私」は、大阪勤務なのに毎週末たいへんな思いをして東京まで出てきて、ずっと彼を励ましつづける。ところが退院してしまうと、彼はもう来てくれるな、みたいなことを言う。それで彼女が「あなたにとって私って何なんですか」と訊くと、彼の答えは「ワカラナイ」。よくある話だと思うかもしれません。まさにステレオタイプ的な片思いの展開です。「私」は単なる便利な女として使われただけ。引用したいのは、それにつづく箇所です。退院後一年近くたってから、彼が昼ご飯に誘ってくれるのです。


「おまえの誕生日いつだか忘れたけど、これ、誕生日祝い」

それはあなたが病院でいつも見ていたあの、黄色い時計だった。私は急いで腕に巻いた。バンドの穴は二つ内側だった。それから、あなたに見せて、ありがとう、すごく嬉しいと言った。私が一番喜ぶのはあなたが使っていたものを貰うことだとあなたは知っている、確信犯だ。

御堂筋線で心斎橋に出てイタリア料理屋でランチをした。ブルーチーズとトマトの入った三日月形のピザや、ジェノベーゼのソースとよくからむ平べったいパスタを食べた後、ジェラートを食べている私にあなたは言った。

「おまえさ、俺と結婚しようたってだめなんだぜ」

びっくりして、あなたが何を言っているのかわからなかった。

「そもそも俺にその気がないんだからよ」

（四三〜四四）


「おまえの誕生日いつだか忘れたけど、これ、誕生日祝い」もなかなかいいけど、このタイミングで出てくる「おまえさ、俺と結婚しようたってだめなんだぜ」というセリフにはほんとうにシビれます（シビれませんか？）。これは彼が人として洒落ているとか格好よいとかいうこととはそれほど関係ない。シビれるのは、このようなセリフを、このようなタイミングで言われてしまう「私」という人物の生き様のためではないかと思うのです。そしてそこが、先ほど触れた「決して彼に話を聞いてもらえない」という語りの仕掛けと大いに関係しているのではないかと思うのです。

言葉の中だけ〝女〟

なぜ、この小説では「私」が「あなた」に語りかけるスタイルになっているのか――その理由はおそらく、このようなスタイルで語ることでこそ、彼女が自分の真相に一番近いものを効果的に表現できるということにあるのです。もし彼が彼女に耳を傾けてしまったらむしろダメ。彼が耳を傾けてくれない、彼には決して聞かれていない、その上でしかも彼に「あなた」と呼びかける形にすることで彼女はやっと語ることができる。あるいは、そういう形ではじめて語れることをこそ、彼女は語りたいのです。

なんとじれったい！　だからもてあそばれるんだ！　とそんなふうに思う人が男女問わずいるかと思います。でも、そんなややこしいことをしてかえって力が増したりすることのあるのが言葉の不思議なところです。厄介でもあるけど、とてもおもしろい。

ここで関係するのが男と女の「均等」という冒頭の話題です。男と女は同じように働けるはずである。働くべきだ。そんな思想のもとに男女雇用機会均等法は整備されてきました。その是非についてここで議論する能力は私にはありませんが、ひとつ言えるのは絲山秋子という作家がそういう考えを人々が口にし賛成したり反対したりするまっただ中を生き、また就職やその後の就業においてこの法律の影響を受けえた、ということです。少なくともそういう時代の空気を呼吸していた。そのうえで彼女が選び取ったのが小説を書くという職業だったわけです。

しかし、言葉というのはきわめて保守的な装置です。とくに男女についてはそれが何より顕著でしょう。何の自覚もなしに署名のない文章を読み始めれば、おそらく誰もがそこに男の筆者を想定してしまう。言葉は男の所有物なのです。言葉で自己正当化したり、相手を言い負かしたりするのは男の得意技。もちろん女だって言葉をしゃべったり書いたりもするけど、あくまで男の所有物を借りているだけなのです。

そんなときに女の書き手はどうするか。ひとつの方法は男のふりをする、ということです。男になりすまして、まるで男のように語る。そうすれば、男たちの築き上げた言葉の共同体の仲間に入ることができます。〝名誉男性〟として、他の女性よりは一歩上に立てるかもしれない。「女だてらにすごい」と言ってもらえるかもしれない。

こんなふうに言うと、そんなのいやだ、と思う人も出てくるかもしれません。女には女の道がある。女にしかできないことがある。そういうとき、どうするか。そのよいお手本が前の章で読んだ「キッチン」でした。「キッチン」の語り手は、ことさらに〝女の語り〟を行うことで、男の言葉に反逆しようとした。しかもおじさんに蔑まれてしまうような、ちょっとイノセントで、ちょっと楽観的で、ちょっと世間知らずないかにも〝若い女〟の語りを使うことで、いわば下からの反逆をくわだてた。その結果、男の語りでは決してできないようなことが小説の中で起きていたと私は思います。

「袋小路の男」はどうでしょう。冒頭の「あなた」という語りかけには、やはり女が感じられるように思います。この小説の語り手は女性だろうなと私たちは予想する。数行読み進めるとこの予想は確信にも変わるかもしれません。もちろんこの連想は、小説の作者が絲山秋子という女性であるというファクターとも連動している。

ただ、そこでひとつ考えてもらいたいことがあります。私たちはここでいちいち「あ、女の語り手だ」と思うか、ということです。別の言い方をすると、どの程度この語り手はことさら〝女〟なのでしょう?

実は冒頭の箇所の続きは次のようになっています。これだけでは男か女か意外と結論が出にくいのではないでしょうか。


高校を中退するなり家を出た友達がいて、高校に行く気のしない私はよく、彼女のアパートで朝まで酒を飲んでいた。夜が明けてくると私たちはズブロッカやショートホープのにおいに飽きて、朝のきれいな空気を吸いに散歩に出る。それがあなたの家のすぐそばだった。（九）
ショートホープなんていう強い煙草。ズブロッカも強い酒です。しかも高校をさぼって朝まで酒を飲むというのはなかなか〝男らしい〟というか、一昔前のバンカラを感じさせるいわばマッチョな振る舞いです。
おもしろいのはそんなマッチョな「私」が、その一方で好きな男に対しては聞いてもらえないことがわかっているのに、「あなた」とこっそり呼びかけながら語っているということです。どうも読者からすると情報が錯綜しているような気がしてくる。「あなた」という語りかけといい、相手に聞いてもらえないのに語り続けるいじらしい内気さといい、この語り手のしゃべり方はことさらに〝女〟になっている。ここまでは「キッチン」の桜井みかげととてもよく似ています。
しかし、他方でこの主人公は酒と煙草で徹夜し、大学を卒業すると同時に親元を離れて大阪に本社のある食品会社に就職したりと、どちらかというと男っぽい行動パターンをとったりもするのです。何より象徴的なのは、フォルクスワーゲン・ゴルフを愛車にしているということでしょう。カーキチは男の子っぽさの証拠です。しかも色は「ガンメタ」ときている。ガンメタリックは、黒っぽい、いかにも硬派でマッチョな色です。彼が背骨を折ったことを聞くと彼女は、このゴルフで酔っぱらったまま名神・東名を一六〇キロのスピードを出し病院にかけつける。彼とドライブしている最中にも、一五〇キロで衝突して車ごと心中してやろうかなんていう夢想にふけったりもします。

さて、この人はいったい男なのでしょうか。女なのでしょうか。もちろん設定の上で〝女〟なのは明白です。少し読み進めればそれは明確になる。しかし、この主人公の中には消しがたく〝男〟の要素もある。

先ほどの問いに対する答えがそろそろ出てくるかもしれません。言葉とは男のものである。ならば女はいったいどう語ればいいか。「袋小路の男」で絲山秋子が試みたのは、まさにこの束縛を利用した語りだったのではないかということです。女は堂々と自分のやり方で言葉を操ることを許されない。男の真似をするか、逆にことさらに女を演ずるか。いずれにしても女にとっての言葉は〝生得〟のものではないということになる。借り物なのです。衣装であり、作り物である。

しかし、「袋小路の男」の主人公は女性ではあるけれど、ふつうに男のような生活を送っています。まさに均等法世代の申し子。大学を卒業して会社に就職し、企業人として生きる道を歩む。転勤もあるようだからいわゆる「総合職」なのでしょう。一昔前の短大卒ＯＬにはありえなかった会社人生です。ということは、彼女にとっては言葉だってもはや〝生得〟のものなのではないかと思えてくる。就職先やガンメタのフォルクスワーゲン・ゴルフと同じように、ごくふつうに彼女は言葉というものを手にしているのではないか。男たちと同じように。

しかし、どうもそうではないらしいのです。言葉となると彼女は急に〝女〟になる。もう男と同じようにしていいのになぜ、いまさら、という気がする。どうやらこの主人公は、言葉の中でだけ、語りの中でだけ、女になるのです。ひょっとするとこれは女性にとっての新しい言葉との出遭いの方法なのかもしれません。これまでは女性は言葉の中でだけ男になった。それは社会のよそ者である女が、男社会のルールやシステムに従うということを意味しました。しかし、逆に言葉の中でだけ女に立ち返るという方法がありうる。これは突き詰めると、言葉とはそもそも女のものだったのではないか、という発想にさえつながります。

ナイショの語り

こうしてみると、こっそり相手に聞かれずに語る、という回りくどいやり方の意味がはっきりしてくるかと思います。そういうふうにすることで、言葉には〝隠し持ったもの〟という性格が与えられているのです。言葉はふつう男社会の中ではステータスだったりファッションだったり武器だったりする。「どうだ、俺を見ろ」という威風堂々とした構えを、男の言葉というものはとるのです。いや、そのように威風堂々と振りかざされるのがまさに〝男の言葉〟なのです。それは顔であり、公のものである。「キッチン」の〝若い女性〟の語りですら、あっけらかんと「キッチンが好き」と言ってしまうあたり、言葉をパフォーマンスとして振りかざすというポーズをとっていたわけだから、男言葉のモードに拠っていたと言えますが、もちろん、それでいて〝男っぽさ〟と正反対の方向に向かうところが「キッチン」のひねりにもなっていました。

これとは対照的に「袋小路の男」では、言葉は決して人には聞かれないナイショの装置なのです。表向き、この小説の主人公はほとんど男と変わらない。車と酒と煙草という、いかにも〝男〟な趣味にふけり、ＯＬの腰掛けとは違う男性と同じような資格で会社に務めている。社会が女に対し、「男と同じであれ」と求めつつあるからです。しかし、そんな中でこの人はこっそりと〝女〟を抱えている。この人にとって〝女〟とはこのように隠し持たれるものなのです。そしてそういうナイショの〝女〟が語るおかげで、言葉は威風堂々と振りかざされる場合とはかなり違う働き方をするようになるのです。

そのような仕掛けがもっともわかりやすく示されている箇所を見てみましょう。彼が退院する間際の場面です。自殺未遂など試みた自分のみじめさに彼は泣き出してしまう。彼女はなぐさめます。まあ、ありがちな、通俗的な場面といってもいいと思うのですが、絲山秋子の手にかかるとこういう場面が特別な迫力を持ちます。


あなたは、泣いた。

こんな状況ではなさけないと、もうみんな俺のことなんか飽きてしまったんだと、俺はだめなやつだと泣いた。

「大丈夫ですよ」私は低い声で話しかけた。

「誰もあなたのこと、飽きたり、呆れたりしてないです。あなたは治りたいって気持ちがあるから、それだけでOKなんです。焦ってほしくないってみんな思ってますから」

あなたはタオルをかぶって首をむこうにねじまげた。

「私、今まであんまり長い時間一緒にいてもらったことがないから、ここに来れて嬉しいんです」

手をとって、包んでしまいたかった。弱った頭も、痩せた体も抱きしめてしまいたかった。けれどそれは、「してあげること」だから、許されない。限りなく似ているのに、違うことだから。

そうしないから、私はここにいられるのだ。

私にできることはせめて暖かい波動を、病室一杯に送ることしかなかった。エアコンみたいに稼働し続けるしか。

（四〇～四一）

本領発揮は傍線を引いた「けれどそれは……」というところからです。まさにこの主人公の怖いほどの賢さが出ている箇所です。彼女は「してあげること」はしない。「しない」ことでこそ、「ここにいられる」という。これは彼女の「あなた」に対する戦略でもあるし、彼女の言葉の戦略でもあるのです。彼女の言葉は「してあげること」をしないことでこそ、機能している。直接言わない。語りかけない。声に出さない。でもぜんぜんかかわらないわけではない。同じ部屋の中にいて、「エアコンみたいに稼働し続ける」のだという。そういう形で語るということです。何という微妙なやり方でしょう。そして何より、「エアコン」なんて——何という絶妙な表現でしょう。

女性を「エアコン」として稼働させるのは、男社会における差別の典型でした。「女は黙ってろ」とばかりに発言の機会をとりあげる。これに対して「ノー」ということで、女性は男性の特権である言葉を我が物にしようとした。しかし、「袋小路の男」の「私」はエアコンであることをむしろ武器にしているようでもあるのです。彼女にとっては、自分の中の〝女〟は隠し持たれたものである。だから、その〝女〟の部分の語る言葉もまた同じように秘密の、目につかない、ナイショの存在として「稼働し続ける」のです。

このように「エアコン」のような存在と化し、人目につかないところで発信されるおかげで、彼女の言葉はなかなかおもしろい機能を持ちます。まず一方で、それはのろまで愚鈍な「私」を示します。たとえば高校時代に彼とつきあっていた女性がいる。「私」は彼女のことを次のように描写します。

彼女は目が大きくてふわっとした髪の可愛い人だった。可愛くてイジワルだった。私は、彼女のことを好きになろうとした。帰りの電車が一緒になって二人でお茶を飲みに行ったこともあった。（一六）

恋敵のことを「目が大きくてふわっとした髪の可愛い人だった」と言っているあたりは牧歌的にも聞こえるかもしれませんが、すかさず「可愛くてイジワルだった」なんて言う。「イジワル」という片仮名の、こっそりした鋭さも印象的です。「好きになろうとした」というのも効いている。「好きになろうとした」けど、到底好きになれなかった、ということです。しかもそれはその子が恋敵だったからというよりは、すごくつまらない人間だったからなのです。たぶん。そのあたりをこんなやさしい言葉で示唆してしまうあたりが、この語り手の、「エアコン」のようなナイショの語りの怖いところです。

あるいはなかなか売れない彼の小説について彼女はこんなことを思います。

あなたは新人賞をなかなかとれない。昔から試験には弱かった。でも私は、あなたが自分のことを作家だと言った日からあなたが作家だと思っている。あなたが作家なのは書いている瞬間で、結果なんて後からついてくるんだもの。

ワープロで打ち出した小説をいくつか読ませて貰った。面白かった、と思うけれど、セックスと暴力の描写を読むのが辛くて、飛ばし読みしていたら筋がわからなくなった。知らないあなたを見てどきどきしました、と言ったらあなたは面白くなさそうな顔をして、ふうん、と言った。（二七）

前半の「試験には弱かった」というあたり、「私」ののろまで素っ頓狂な思考パターンが前面に出ているようでもありますが、「新人賞」を「試験」と言い換えてしまうのは〝ボケ〟のようでいて実は鋭く真実を言い当ててもいます。「私は、あなたが自分のことを作家だと言った日からあなたが作家だと思っている」というところも同じ。そんなのひどく愚かな考えに見えるのですが、「作家なのは書いている瞬間」と言われるとはっとします。後半でも、「セックスと暴力の描写を読むのが辛くて、飛ばし読みしていたら筋がわからなくなった」というところは、つい「私」のナイーブさに呆れ笑ってすませてしまいたくなるところですが――そして実際に笑い所でもあるとは思いますが――よく考えてみると、彼の小説の凡庸さやつまらなさをこっそり暴いてしまう〝感想〟になっているとも言えます。
このような「私」の語りを通して見えてくるのは、〝抑圧された女の部分の語り〟という設定のおかげで、言葉のこそこそした働き方がすごくよく表現されるということです。表立って堂々と口に出されえないという構えをとっているだけに、表向きはのろまさや愚鈍さの仮面をかぶって慇懃無礼なほどガードを固めているけれど、同時にその隙間からは、漏れ出るような賢さや鋭さや「イジワル」

さが読み取れる。

言葉と言葉が喧嘩する

では私たち読者はいったいこのナイショの語りのどの部分を読むべきなのでしょう。性急な読者はとにかく〝真実〟を求めるかもしれません。この人がほんとうに言いたいのはいったい何なの？　と手っ取り早く〝芯〟の部分を欲しがる。そうなると、「私」の彼にむけた思いを要約的に語ることになるでしょう。先にもあげた「エアコン」の場面などを便利に引用して、「これが彼女の真実だ」と言っておしまい。

でも、それは違うと思うのです。私たちが読まなければならないのは、〝抑圧された女の語り〟から漏れ聞こえてくる〝真実〟だけではありません。その表面にある愚鈍そうで慇懃無礼な取り繕いや、『あなた』に聞こえてはいけない」と気を配る「私」の神経質な自意識をも読まなければならない。真実ということを言えば、愚鈍さものろまさも鋭さも自意識の過剰さもひっくるめたすべてが「私」の真実なのです。実際、この小説ではそのような混淆が見られるところがいくつもあります。


「どうして作家になろうと思ったんですか」

「そりゃ、俺にしか書けないものがあるって気がついたからさ」

なんて無謀なんだろう。なんて素敵なんだろう。あなたが今でも私の手の届かないところにいて、これからぴかぴか光りだす。心が躍った。

（二二三〜二二四）

「なんて無謀なんだろう。なんて素敵なんだろう」と展開していく彼女の感想のせわしなさがとても印象的な一節です。ほとんどばらばらに分解していきそうな支離滅裂さが感じられる。「私」のナイーブさと鋭さとが混淆しているから、いったいどっちなのかがわからなくなる。でも、本当に大事なのはむしろこのスピード感なのです。こっそりナイショで語っているだけに、自分の言葉についてとても警戒的でもある。つねに抑圧して、隠そうとしている。その一方で思いは次々に出てくる。だから、自分の中でいたちごっこを演じているような、言葉と自意識との競争みたいなことにもなるのです。入院中の彼を見舞った「私」は、彼の「何してた？」という言葉にこんなことを思ったりもします。

「何してた？」と、あなたは私に聞く。
私が立ち歩き座り小走りになり、料理を作り車を運転しトイレに行き酒を飲み飲んだくれ煙草を吸い、そして仕事をしている、その時間、何日でも何曜日でも、背骨を折ったあなたは仰向けに寝ている。同じ恰好で天井を見ている。白い腕が細くなっていくのを見ている。（三五）

「私が立ち歩き……」ではじまる文の連続感がまさにこの小説の語り手の自意識のあり方をよく示していると思います。この人は言い終わる前に言葉に検閲をかけてどんどんチェックするのです。だから、言い終わる前に次の言葉が出てきてしまう。あるいは言い終わるや否やぜんぜん違うことを言ったりする。そうやって前の言葉と後ろの言葉がいつも喧嘩しているのです。彼女の中の愚鈍さと鋭さとのろまさと敏捷さが、我勝ちにと言葉の中に飛び出してきそうになって、読んでいる方としてもすごく忙しい気分になります。このような性急さに表れた言葉の神経質さこそが、「袋小路の男」の小説世界をつくりあげているのです。そして、そんな言葉の乱れ飛び方を可能にするのが、こっそり〝女〟として語る、という枠組みだったわけです。
こうしてみると男を演ずるか女を演ずるかという問題はなかなか一筋縄ではいかない複雑な問題をはらんでいることがよくわかってくるかと思います。とくに言葉というのは一見ニュートラルに見えるだけに注意しないといけません。単に女言葉・男言葉といった選択だけでなく、語りのモードにも〝男〟や〝女〟といった要素が入ってくるのです。もちろん、それがどの程度演出なのか、どの程度衣装で、どの程度〝本気〟なのか、といったあたりも丁寧に見ていく必要があるでしょう。均等法世代の作品ともなれば、今までとはひと味ちがった形でそうした部分が作品の中に生かされることにもなるわけです。

「袋小路の男」　「群像」二〇〇三年十二月号掲載。『袋小路の男』（講談社、二〇〇四年）に収録。二〇〇四年、川端康成賞受賞。引用は『袋小路の男』（講談社文庫、二〇〇七年）による。なお、この作品のネガにあたる「小田切孝の言い分」は、文字通り「袋小路の男」の側から見た世界を描いている。

絲山秋子（いとやま　あきこ、一九六六年〜）　強烈なリズムを持った文体と、個性的な視点人物の造形を持ち味とする。細部への鋭い視線にも抜きん出たものがある。作品に『海の仙人』『沖で待つ』『スモールトーク』『ニート』『逃亡くそたわけ』『妻の超然』など。

第6章■

吉田修一『悪人』——女の人はみな嘘をつくのですか?

メディアの中の小説

小説の言葉の独特さを強く感じるのは、異なるメディアの表現と比べた場合です。みなさんも経験あるかもしれませんが、小説を読んでからその映画版を観るととても印象が違うということが多くあります。というより、ほとんどの場合は予想を裏切られるのではないでしょうか。その理由は映像独特の効果とか、監督の解釈の違いとかいろいろあるとは思いますが、元を辿ると小説の言葉の表現作法ということにも行きあたります。今回とりあげるのは吉田修一の『悪人』なのですが、この作品も李相日監督により妻夫木聡・深津絵里主演で映画化されています(二〇一〇年)。両者を比べるといったい何が見えてくるか、ヒントにしてみたい。

それから、映画化と合わせて考えたいのは、この作品が『朝日新聞』紙上に連載されたということです。「最後の息子」でデビューした吉田修一は、元々どちらかというと〝純文学系〟の媒体で活躍していて、受賞したのも芥川賞なのですが、その後はより広範な領域で活躍しています。とりわけ新聞で連載するということは文芸誌などを超えた、より広い層の読者の関心をとらえる必要があったということを意味するでしょう。そのあたり純文学的な環境で小説を書き始めた吉田が、どのようにしてより広い読者層をとりこんだか、その際に小説的な言葉はどのように機能したかといったことも合わせて確認してみたいと思います。

「分量」の割り振り

吉田修一が『悪人』をどのような〝商品〟としてつくりあげようとしたかは、その設定にはっきり表れています。この小説は明瞭にミステリー仕立てになっているからです。発端となるのは殺人事件。保険会社につとめる若い女性が山中で殺されるのです。そして、多くのミステリーと同じように「犯人はいったい誰か?」という中心的な問いと、「犯罪はいかにして暴かれるか?」といった二次的な問いとが、ストーリーの枠をつくっていくことになります。このような枠組みの明快さと、謎をちらつかせることによる読者の興味の喚起とは、おそらく新聞連載という形式をとるにあたって吉田が意識的に用いたものでしょう。また、このわかりやすさは小説が映画化されるにあたっても、助けになったはずです。

ただ、『悪人』は「犯人はいったい誰か?」という問いだけをかかげて小説を前に進めるような、いわゆる本格ミステリーともひと味違います。犯人が誰であるかは途中である程度想像ができるのです。むしろある段階をへた物語は、謎をめぐるサスペンスよりも、登場人物たちの性格造形や人間関係の変化などに力点をおくようになります。『悪人』の映画版はむしろ小説のそのような構成法を生かしているようにも思えます。興味をつなぐためにサスペンスを維持しつづけるよりも、ほんとうの関心の中心は別のところにあることが知らされるのです。

たとえば映画の冒頭部。人物紹介をかねていることもあってさまざまな場面が短く入れ替わり、ひとつひとつの場面では、特定の人物の性格を際だたせるような徴候的な風景や行為に焦点があてられます。殺される保険会社ＯＬの石橋佳乃がお父さんに頼んで知り合いから契約をとり、礼もそこそこに父の元から去っていく、というような場面はたいへんスピーディに描かれますが、それでもそこには父娘の関係のあり方や、佳乃の性格などがしっかり示されています。ただ、そのようなスピーディな展開の一部には、殺人事件の顚末をほのめかすショットも挿入されています。深夜の公園で佳乃を乗せて発進した車を、佳乃にすっぽかしを食った祐一の改造車が猛烈なスピードで追跡する様子にはすでにこの先、何が起きるかが暗示されている。こうした場面では、謎解きだけが作品の勘所になっているわけではなく、それ以外の「何か」が大事になるということが知らされてもいます。

そこで考えてみたいのですが、小説と映画ではこの「何か」が重要なものとして描かれるにあたってどこが違うでしょう。映画についてまず最初に気づくのは、時間配分の問題です。映画ではふつう、時間配分と〝重要さ〟とがほぼパラレルになっている。重要な場面や人物にはより長い時間が割り振られます。だから、ショットそのものの長さもしばしば重要さの符丁となる。逆に重要であることが明瞭な場面なのに、ことさら短い分量が割り当てられていれば、そこからはある種のひねりが読み取れるでしょう。わざと隠蔽している。抑圧している。また、必ずしも何か事件が起きるわけでもないのにとても長いショットをつかった小津安二郎の作品などでは、そこから独特の情緒が生み出されます。いずれにしても時間配分を代表とする〝量〟が、映画のレトリックの基本にあるのは間違いないでしょう。

では、小説はどうか。もちろん小説でも重要な人物や出来事に〝量〟が多く割り振られるということはある。また、特筆すべき行為であれば、まるで（潜在的な）映像版から逆算出したかのように、スローモーションめいた細かさでその描写を行うということもあるでしょう。ただ、言葉の場合はそのあたりで、さらなる工夫の余地があります。映像の場合に時間や精密さで表現されるような〝重要さ〟を、小説の場合は言葉ならではのレトリックを用いて表すことができる。そのあたりに『悪人』という作品の読み所もあるように私は思います。

人間の濃度

このことを考えるにあたって、今一度、新聞という媒体の特質を確認しておきましょう。先ほど、この小説のミステリー仕立ては新聞という媒体と大いに関係しているかもしれないということを言いましたが、もうひとつ新聞小説であることが意味をもっていそうな部分がこの小説にはあります。登場人物の造形です。『悪人』には、ときに〝純文学〟の作品に見られるような、その作品の外では絶対に存在しえないような独特な人物は出てきません。どの人物も、私たちが実際に知り合ってはいないまでも、「ああ、いるよね」「聞いたことある」と思ってしまいそうなごくふつうの人間ばかりが登場する。小説でなければ出てこないような、かっこいいかもしれないけど、わかりにくくて複雑でひどく内向的な人というのは見あたらない。そのおかげで新聞という舞台のふつうさや日常性と、フィクションの世界とが地続きになることが可能になっているように思います。

しかし、吉田修一が見事なのは、このような言ってみれば「スター不在」のキャストを率い、ミステリーという通俗的な物語の枠を使ってなお、それだけではおさまらないものを描ききっているということです。その鍵となっているのは人物の濃淡です。あまりに当たり前のことを言うようですが、『悪人』の中に出てくる人物たちには、物語にとって、読者にとって、そして作家にとって重要で中心的に見える人もいる一方、比較的軽いというか、必ずしもそれほど深い役割を担っていない人も出てくる。いや、小説を読み終わる頃にはその存在さえ忘れてしまうような、まったく脇役にすぎないような人間もいます。私が問いたいのは、このような重要度の違いを吉田がいったいどのようにして表現しているのか、ということです。

ここで小説の概要を確認しておきましょう。『悪人』の主人公となるのは長崎で土木作業員をしている清水祐一です。髪を金色に染め、趣味は車。昼間は親戚の叔父さんがやっている会社で土木作業員として働いている。でも、仕事帰りには祖父を病院に連れて行くようなやさしい側面もあって、単なる「金髪に車」というステレオタイプからは少しずれたところもあります。いや、「ステレオタイプから少しずれている」という感覚は小説中ずっと示され続けるのですが、同時に言えるのは、決してその「ずれ」が大幅なずれには至らない、つまり清水祐一は最後までどこかふつうの人として描かれてもいるということです。

この清水祐一をめぐって物語が展開するきっかけとなるのは女です。祐一の身近にいる「自然な関係の女」は祖母くらいなのですが、祐一は携帯の出会い系サイトや風俗店などの、つまり、通常は「不自然」とみなされるような人工的な場でも女たちと出会っていきます。物語を生むのはこちらの出会いです。

石橋佳乃は出会い系で知り合った祐一のセックスの技術にはたいへん感心しているけれど、話がおもしろくないし仕事もぱっとしないという理由で、まともに付き合うつもりはありません。祐一ははるばる長崎から高速を飛ばして博多まで佳乃に会いに来たりもするのですが、佳乃は祐一と会っていることを友だちにも隠しているほどです。その一方で佳乃は、大分の老舗旅館の跡取りで遊び人の増尾圭吾には、相手にされていないにもかかわらず何度もアプローチし、友だちにはまるで付き合っているかのように吹聴しています。

事件のあった日、佳乃は借りた金を返すという祐一と会う約束をしていますが、たまたまそこで増尾と出くわしたことから、あっさり祐一の方を捨てて増尾の車に同乗してしまいます。ふたりが向かったのは三ツ瀬峠。夜になると幽霊が出そうなくらい人気のない山越え道です。ところがその途中、増尾は佳乃の言動に耐えられなくなり、山越え道のただ中で佳乃を車から蹴落としてしまいます。その翌日、佳乃は死体となって山中で発見されることになります。

犯人が増尾ではないことはだいたい読者にも想像できますし、わりに早い段階で真犯人が祐一であることもわかってしまいます。だから小説の後半では「犯人は誰か?」という問いは、「犯人はどうなるのか?」という問いによってつながれることになる。その後半で登場するのが、祐一にとっては佳乃とは別の意味で重要となる馬込光代です。佐賀の紳士服量販店で働く光代は、これまでごく地味な男性関係しかなく、そもそも小学校、中学、高校とすべて同じ国道沿いの学校に通ったくらいで、たいへん閉塞的な環境で育った女性として描かれています。その光代が出会い系サイトで知り合った祐一とメールを交わすうちに、関係を持つことになる。

祐一はほかにも風俗店で知り合った美保という女性との関係があったりするので、こうした祐一の一連の行動を客観的に見てみると、日常生活で女性と出会う機会のない若者が手当たり次第に「人工的」で「不自然」なルートで（つまり金銭を介在させることで）、女性と知り合おうとするという図式が見えたりもするのですが、注意したいのは作品の中で起きているのがむしろ逆のことだということです。祐一の女性遍歴にはいちいち意味がある。佳乃との関係も、美保との関係も、そして光代との関係も、祐一にとってはそれぞれかけがえのない出来事なのです。出会い系や風俗からはじまった関係であるにもかかわらず、それらの関係はひどく人間的な意味を持っています。十把一絡げに「女漁り」などと片づけられるものでは決してない。

そこで出てくるのが濃淡の問題です。佳乃も美保も光代も祐一にとっては何らかの意味を持つ女であったけれど、祐一との間に生じた関係の濃度は微妙に違う。女から女へと遍歴を重ねながら、確実に祐一は成長しているのです。それとともに、女との濃度も微妙に変化する。『悪人』というこの必ずしも短くはない小説を読み進めていく上で、私たちはこの濃度の変化をまるで展開する音楽のように感じるのです。変化しながら少しずつその深さを増していく、構築的な音楽のように。

佳乃はなぜ嘘をつくのか

そういう意味ではこの濃度の変化を感じ取るところにこそ、『悪人』という小説の最大の読みどころがあると言えるでしょう。それがどのように表現されているか、佳乃と光代というふたりの人物に焦点をあてて実例を見ながら考えてみたいと思います。

まず小説の冒頭近く、石橋佳乃が同僚の沙里と眞子と食事に行く場面があります。佳乃は表向きはふたりと仲よくしているのですが、ちょっとしたことで増尾圭吾と付き合っているのが嘘だとばれそうになります。というのも、増尾と同じ大学に通っている友だちがいる仲町鈴香が、佳乃が増尾と仲がいいという話に疑問を持つからです。佳乃は慌てて繕います。


「え？　何？　なんの話？」

ブーツを脱ぎながら、沙里が声をかけてくる。

この店のように座敷のある店でトイレに行く場合、客用の下駄や草履が用意されていることが多いが、沙里は必ず自分の靴でトイレへ向かう。潔癖症で他人と履物を共有するのに不快感があると自分では言うのだが、その発言を佳乃はずっと疑っていた。佳乃はまたポテトサラダに箸を伸ばした眞子を眺めながら、「仲町鈴香のこと、あの子、増尾君のことが好きらしいっちゃんね。それで私にライバル心持っとるんよ」と言った。

咄嗟に出た嘘だったが、これが思わぬ牽制になりそうだった。万が一、増尾と同じ学校に通う友人から、鈴香が何か知り得たとしても、この嘘が鈴香の真実を嫉妬からの負け惜しみに変えてくれる。

（上・三九～四〇）

たったこれだけの部分でも、佳乃の性格がよく伝わってきます。大事なポイントはふたつです。まず沙里がトイレに行くときに決して客用の下駄や草履を使わないことをめぐる邪推。沙里がほんとうに嘘をついているかどうかよりも、ここではそういうことをいちいち凝る佳乃の性格が目につきます。もうひとつは自分の嘘がばれそうになって、その場で咄嗟に佳乃が「仲町鈴香のこと、あの子、増尾君のことが好きらしいっちゃんね。それで私にライバル心持っとるんよ」という嘘をついてしまうこと。いや、嘘をつけてしまう、と言った方がいいかもしれません。

このふたつを材料として、読者はたとえば「佳乃というのは浅薄な子である」とか「意地が悪い」といった日常的な語彙に基づいた感想を持つかもしれません。それはそれで正しいと思うし、おそらく小説を読むにあたってはそのような日常感覚は大事なのですが、同時に気をつけてもらいたいのは、佳乃の心理世界に二重性の感覚がつきまとっているということです。表向きAということを言っていながら実はBである、というようなことが佳乃の心理世界では起きうるらしい。とりあえず、そんなふうな解釈を提示しておきましょう。

というのも、作品を読み進めていくと、どうもこの二重性の感覚こそが人物の濃淡の違いの表現に役立っているらしいことがわかってくるからです。次に引用するのは、増尾圭吾が佳乃を乗せて三ツ瀬峠を走っている場面です。そろそろ増尾はいらいらしてきた。佳乃は勝手に増尾のＣＤボックスをあけ、甘ったるい曲を何度もかけつづけている。

あれは何度目に佳乃がリピートボタンを押そうとしたときだったか、とつぜん「こういう女が男に殺されるっちゃろな」と増尾は思った。本当にふとそう思ったのだ。

こういう女の「こういう」が「どういう」のかは説明できないが、間違いなく「こういう」女が、あるとき男の逆鱗《げきりん》に触れて、あっけなく殺されるのだろうと。

（下・四五）

佳乃は実際に殺されてしまうわけですから、このような描写はなかなか冒険です。つまり、下手をすると小説の作り物らしさが透けて見えてしまう。書き手が人物をいじっている感じがしてしまうからです。でも、この部分はあえてそのような危険を冒しているようです。そして、そのことで佳乃の性格づけが補強されるのです。

それはこういうことです。先ほど、佳乃の心理に見られる二重性の感覚ということに触れましたが、そこから浮かび上がってくるのは、実は世界を二重性とともにつまり複眼でとらえようとする志向とは正反対の、きわめて単眼的なものの見方です。佳乃があのように沙里のことを疑ったり、あるいは平気で嘘がつけてしまえるのは、ある意味で佳乃が世界の一義性のようなものに安心しきっていることの証拠でもあります。だからこそ、平気で戦略的な嘘がつける。ついた嘘がどんな恐ろしい現実を引き起こすかも想像せずに、嘘は嘘だから、と切り離して考える。言葉は言葉、物は物、とわりきっているのです。佳乃はどうやら物の世界の安定感を信じ切っているようなのです。だから、言葉とか心といった部分に、おそろしく鈍感でいられる。だから、言葉や心に復讐される。実際、この後触れるように、「嘘」の問題は小説の決定的な場面で重要な意味を持ちます。

増尾圭吾のちょっとした想念にも、世界の一義性に安心しきっている佳乃の危うさが表れています。「こういう女」という形でふと感慨をもらす増尾は、「こういう女」が佳乃でもあり、また佳乃でない女でもありうる、そういう微妙な境地にいます。しかも「こういう」が「どういう」か説明できないというあたりには、増尾の無意識のようなものが露呈してもいるでしょう。つまり増尾は物以前のもの、さらには言葉以前のものをも無意識のレベルで感知している。そういう形で「わかる」ことができる。世界は今のように見えているけれど、そうでなくてもありうる、という感覚がそこにはあります。

これに対し、佳乃はそのような世界の裏側に対しては心を閉ざしています。彼女にとっては世界は〝嘘〟と〝ほんと〟だけで構成されるようなフラットな構造を持っているのです。その佳乃から見れば、おそらく増尾のふとした「こういう女が……」などという想像は、無意識界に属するような「嘘」にすぎないものであり、だからとるにたらないものでもあるのですが、まさにその「嘘」のとおりになって佳乃が殺害されるというのは、単なる皮肉を超えた深い意味をこの小説で持っています。

この小説の大きな山場が祐一が佳乃を殺す場面なのは言うまでもありません。正確に言うと、殺したことを回想する場面と言った方がいいかもしれません。祐一にとって、殺人は単なる事実ではなく、物の世界と、心や言葉の世界との境界を越えた出来事でもあるのです。だから、事件が回想の中で提示されることにも意味がある。言葉というフィルターを通った上で心の中で再生されるということは、事件が物の世界を越えていることを示唆するからです。以下、クライマックスにあたる部分を引用してみましょう。増尾の車から蹴落とされた佳乃は、後をつけてきた祐一と遭遇して気持ちを乱します。そして、見下している男に助けられることの屈辱に耐えられず、感情的になってあることないことまくしたてるのです。祐一もすっかり動転してしまいます。


「嘘つくな！　俺は何もしとらんぞ！」

叫びながら駆け込むと、立ち止まった佳乃が振り返り、「絶対に言うてやる！　拉致られたって、レイプされたって言うてやる！」と叫び返してくる。真冬の峠の中なのに、山全体から蟬の声が聞こえた。耳を塞ぎたくなるほどの鳴き声だった。

（下・一三〇）


もし祐一が佳乃と同じように物は物、言葉は言葉、という明確な区別を生きている人物なのであれば、佳乃が感情的になって言った「レイプされたって言うてやる！」などという言葉にあそこまで動転する必要はないのです。それは事実と違うのだから。ところが祐一にとっては、言葉はたいへん大きな威力を持っているのです。言葉や嘘も、場合によっては人の人生を左右するような力を持ちうる。「母ちゃんはここに戻ってくる！」という自身の言葉が、母親の戻ってこない冷酷な現実にはねつけられてしまった幼い日以来、祐一にとって言葉と物との葛藤は宿命のようなものとなってきたのです。

そのときふいに「母ちゃんはここに戻ってくる！」とフェリー乗り場で叫んだ、幼い自分の声が

蘇った。誰も信じてくれなかったあのときの声が。（中略）
「……俺は何もしとらん。俺は何もしとらん」
祐一は目を閉じていた。佳乃の喉を必死に押さえつけていた。怖ろしくて仕方なかった。佳乃の嘘を誰にも聞かせるわけにはいかなかった。早く嘘を殺さないと、真実のほうが殺されそうで怖かった。
（下・一三一〜一三二）

「早く嘘を殺さないと、真実のほうが殺されそうで怖かった」という一節には誰もがはっとするでしょう。華麗な文です。ただ、この一節だけがレトリックとして卓越しているわけではなく、その前に小説は長い準備をしているのです。『悪人』という作品には、「嘘」と「真実」に対する付き合い方のそれぞれ微妙に違う人物たちが登場するのです。そして、その付き合い方の違いを通して、人物たちは異なった濃度を示すのです。

光代はなぜ嘘をつくのか

「早く嘘を殺さないと、真実のほうが殺されそうで怖かった」と考えてしまう祐一には、言葉と物の未分化の世界を生きるかのような原始的なところがあります。それがあの怖ろしい殺人を引き起こしてもしまうのですが、その一方で、そのような未分化は祐一の最大の魅力を構成する要素でもあります。その魅力をわかってくれたのは、光代でした。
光代は少なくとも世間的にはたいへん地味な人生を送ってきた女性です。生活圏も、交友関係も狭い。でも、光代は言葉と物の世界の入れ替わりを肌で感じ取ることのできる人間でした。そういう意味では祐一の未分化な世界を理解することができる人なのです。しかも光代からすると、祐一と出会うことが自分自身のそのような傾向に目覚めることにつながった。祐一と出会うことによってこそ光代は、言葉と物の世界の入れ替わりの可能性を感受しうる自分のセンサーのようなものを知るようになるのです。それは窮屈な物の世界に圧しつぶされそうになっていた彼女にとって、大きな解放でした。
吉田修一がうまいのはそのような人物の描き分けを、「Aさんは〜、Bさんは〜」というような観念的な腑分けによって行うのではなく、描写の方法にその濃淡の違いをまぎれこませるようにして行っているというところです。祐一と光代が身体の関係を持っていく、その場面は次のような言葉で描かれています。

すべてが乱暴なのに、尻を撫でる祐一の指先だけが優しかった。とても乱暴に扱われているのに、からだがそれ以上を求めていた。乱暴なのが祐一なのか、自分なのか分からなかった。まるで自分が祐一を操って、乱暴に自分自身を愛撫しているようだった。
（下・二四〜二五）

この短い一節に、いくつもの逆説が散りばめられているのがおわかりでしょう。「乱暴／優しさ」「拒絶／要求」「自分／祐一」「暴力／愛撫」といった要素が、どちらがどちらなのかわからないような状況の中に描かれる。「乱暴なのが祐一なのか、自分なのか分からなかった」とは、つまりは自分と他者の関係までが入れ替わってしまう境地です。「からだがそれ以上を求めていた」という言い方にも表れているように、ここでは同一人物なのに、身体と精神とがてんでばらばらの動きをしたりもするのです。

祐一の「早く嘘を殺さないと、真実のほうが殺されそうで怖かった」という言葉に表れていたのは、「嘘」と「真実」の境界を越えることに対する恐怖でした。言葉と物の世界の間の越境を、恐ろしいものとして感じるのが祐一なのです。それに対して光代は、そのような越境を受け入れてしまうたくましさを持っています。母親に捨てられた祐一にとって、光代は母親替わりのように見えるところがあるかもしれませんが、その土台となっているのはこのような言葉や事実に対する付き合い方なのです。光代の中に、祐一は言葉と物との入れ替わりの危うさを引き受けてくれる包容力を見出す。逆に光代は祐一と出会うことではじめて、自身の中にそのような境界越えの可能性があることを発見する。


みっともない格好でベッドに横たわっているのは知っていた。そんな格好をさせて性器を舐《な》めさせる祐一が憎らしくて、愛おしかった。

腕を伸ばして祐一の尻を摑んだ。汗ばんだ尻に爪を立てた。痛みを堪えた祐一が声を漏らす。その声を、光代はもっと聞きたいと思った。

（下・二七）


恋愛場面での「憎らしくて、愛おしかった」といった描写は、まるで演歌の一節のように通俗的に響くかもしれませんが、『悪人』という作品の中では、光代がこのような心境に至ることがたいへん重要な機能を果たしています。

光代と佳乃というふたりの女性は、祐一にとってはいずれも出会い系サイトで、つまりメールを通して知り合った女性です。出会い系サイトはしばしば「ヴァーチュアル」だと批判されることもある、つまりそれはメールだけを介在させた人工的でフィクショナルな関係にすぎない、そんな関係は実際の人間関係とは比較にならないくらい浅く危ういものだと言われたりもします。たしかに佳乃にとっては言葉は所詮言葉にすぎず、物の世界から見ればいくらでも取り替えのきくような、偽物でしかなかったかもしれない。しかし、佳乃はそんな言葉に復讐されることになります。深夜の三ツ瀬峠で祐一に対して吐いた嘘のために、その嘘を殺そうとする祐一に殺されてしまう。佳乃の嘘は、嘘だったはずなのに物と同じくらいの威力を持って、佳乃に襲いかかってくるのです。

それに対して光代はどうか。「憎らしくて、愛おしかった」という言い方には、やはり嘘と似たような構造があるようにも見えます。「憎らしさ」と「愛おしさ」とは本来相対立するものであり、それが同時にあることはありえない。どちらかがニセであるはずなのです。しかし、そうではない。「憎らしくて、愛おしかった」という言い方が表しているのは、「憎らしさ」と「愛おしさ」とのどちらもが同時にありうる世界が確かにあるということなのです。「痛みを堪えた祐一が声を漏らす。その声を、光代はもっと聞きたいと思った」というような部分もそうです。痛みを堪えた声をもっと聞きたい、という感覚そのものにも、世界の表側と裏側とを交錯させながら感じ取る境地を読み取ることができるでしょう。光代と祐一との関係はそのような表と裏との、正と反とのぶつかり合いの中から生まれてくる不思議な力に支えられているようなのです。

祐一はまるで壊そうとでもするように乱暴に光代のからだを愛撫した。そして、まるで直そうとでもするように、強く抱きしめてきた。（下・二一五）

壊し、そして直す。何とも変な話です。逆方向の力が一度に発生している。でも、光代は祐一との出会いを通して、このような嘘と真実とがともにありうるような世界を獲得していくのです。その結果、嘘と真実との交錯に怯えていた祐一も、両者の併存を生きるための居場所を提供されることになる。安心してそこにいることができる。光代とともにいれば、祐一は言葉と物との、心と現実との衝突に脅かされずに済むのです。両者の間がつながれていることが示されているからです。

そうしてみると物語のラストシーンの意味がよりはっきりと見えてくるでしょう。祐一と光代が灯台に隠れていると、ついに警察が踏みこんでくる。もう万事休す。そこで祐一は突然、光代の首に手をかけるのです。まるで光代との一切の関係を清算し帳消しにしようとするかのように。まるで残忍な殺人者に変貌するかのように。そうすることで祐一が光代を救おうとしているのは確かです。光代は殺人者の逃亡を幇助したのではなく、あくまで被害者である。しかし、祐一の行動は演技のようにも見えません。どこか真に迫ってもいる。単なる嘘ではないのです。嘘でもあるけれど、真実でもある。首を絞めるという行為と、その裏にある言葉の真実度とは拮抗しているのです。光代の言う「憎らしくて、愛おしかった」という感覚に近いものを、祐一はここで生きているのかもしれません。そういう意味ではまさに言葉と物とが、そして心と身体とが交錯する場面だと言えるでしょう。

考えてみれば、このような祐一と光代との関係を準備したのは、心と現実との対立をずれとして生きていた佳乃でした。その佳乃は、言葉の威力によって命を落とすことで、両者の対立の力を体現したとも言えるでしょう。佳乃という人物をめぐる嘘と真実との相克こそが、光代という女性の魅力をつくり出したとも言えるのです。祐一は「俺、もっと早く光代と知り合っていればよかった」と言いますが、それは恐らく不可能だったのです。祐一は佳乃をへることではじめて光代という女性と出会うことができた。そういう意味では『悪人』は、言葉の本来的な意味での〝悲劇〟を描いているとも言えます。彼は佳乃と出会い、佳乃を殺した後ではじめて、光代と出会うことができる。

この小説では他にもいかにも小説らしい仕掛けとして、たとえば登場人物たちによる回想的な独白をメインのストーリーに挿入したりして、物語の時間を多元化するといったことも行われています。事件をめぐって人物たちがいろいろな角度から重なり合うという様子を描くのに、こうした手法はたいへん有効です。これはどちらかというと構成の問題となるでしょう。それに対しこの章で確認したのは、ひとつひとつの言葉のレベルの問題でした。第Ⅰ部でずっとこだわってきた「一字一句を読む」というスタンスです。そうすると、案外明確にわかってきたのは、「嘘」や「真実」との付き合い方を軸に人物の描き分けがなされているらしいということでした。「壊そうとでもするように乱暴に光代のからだを愛撫した」というような箇所は、そこだけ読むと通俗性愛小説の典型のようにも見えるかもしれませんが、『悪人』という作品の中ではそれは丁寧に準備された末のひとつの到達点として機能しているのです。私たちはふだんから「憎らしくて、愛おしかった」というようなことを感じる光代のような人物を小説の中心にすえることには慣れてはいるのですが、『悪人』はそのあたりの根っこにあるものを——つまり言葉と物との抜き差しならぬ相克を——あらためてひとつの壮大な事件として順を追って描き出すことに成功しているのではないかと思います。

『悪人』『朝日新聞』夕刊に二〇〇六年三月から二〇〇七年一月まで連載。二〇〇七年、朝日新聞社から単行本として刊行。引用は朝日文庫版『悪人(上・下)』(二〇〇九年)よりとった。
吉田修一(よしだ しゅういち、一九六八年〜) 語りの運びのうまさでは抜群のセンスを発揮し、いわゆる純文学畑から出発しながら幅広い読者を獲得している。作品には『最後の息子』『熱帯魚』『パレード』『パーク・ライフ』『東京湾景』『ひなた』『平成猿蟹合戦図』など。

III

「私」の裏を見る

第7章 志賀直哉「流行感冒」
——〝名文〟っていったい何ですか？

すぐれた文章とは

小説の文章が話題になるときに必ずと言っていいほど引き合いに出される作家がいます。志賀直哉です。その文章は名文中の名文とされ、お手本にして小説を書き始めたという人もかつては多数いました。

でも、すぐれた文章とはいったい何なのでしょう。掛け値なしに〝名文〟と呼べるようなものは存在するのか。文章には必ずコンテクストがあり、内容があり、また時代背景もあります。〝名文〟という神話ができあがる背景には、そうしたさまざまなファクターが複雑にからみ合っているように思います。

この章では〝名文〟というレッテルにいきなり飛びつくことを極力避け、なるべく先入観なしに素手で志賀の文章に取り組んでみたいと思います。志賀はいったいどのような文章を書いたのか。それを私たちはどう受け止めるのか。そのあたり、例によって一字一句読み解きながら考えていけば、「〝名文〟とは何か?」という問いが「人々が〝名文〟と呼びたくなる文章にはどのような特徴があるか?」というふうに変換されることになるでしょう。さらにはそれが「人はどうして〝名文〟などという言い方をするのか?」という問いともつながってくるかもしれません。そういうふうに進めていけば、私たちが志賀直哉のどの辺を読むべきなのかがわかってくるかと思うのです。

勝手に語る

この章で取り上げるのは「流行感冒」という短篇です。「小僧の神様」「清兵衛と瓢箪」「城の崎にて」『暗夜行路』などにくらべるとそれほど知られていないかもしれませんが、志賀の文章の特徴がたいへんよく出た作品です。

タイトルの通り、この作品では流行感冒が鍵となって物語が進行します。流行感冒とは今で言うとインフルエンザ。どうやら志賀は、大正時代に実際に流行した「スペイン風邪」のことを書いているようです。主人公の小説家には小さな娘がいる。巷で流行感冒のことが言われ出すと、心配性だという主人公はやや過敏なほどに風邪を恐れるようになります。それも仕方のないことで、夫婦は最初の子を亡くしているのです。ただ、それにしてもこの主人公はかなりの心配性のようです。「ちょっと病気をされても私はすぐ死にはしまいかという不安に襲われた」(一四三)とあるように、子どもの健康をめぐってやたらとびくびくしているのです。親戚や知人の間でもそのびくびくぶりは有名で「〇

○さんが左枝ちゃんをだいじになさる評判は日本じゅうに広まっていましたわ」などと揶揄されたりしています。
しかし、主人公はそんなふうに冷やかされても気にするふうでもありません。それどころか、かえってそれがいいと思っているフシがある。そのことを述べている一節を冒頭近くから引用にしてみましょう。実はこの部分にはっきりと、志賀モードとでも呼びたくなるような文章の特徴が出ているのです。

しかしそれは私にとっては別に悪くはなかった。私たちが左枝子の健康に絶えず神経質である事を知っていてもらえば、人も自然、左枝子には神経質になってくれそうに思えたからだ。たとえば私たちのいない所である人が左枝子に何か食わそうとする。ところがその人はすぐちょっと考えてくれる。私たちならどうするかと考えてくれる。で、結局無事を願って食わすのをやめてくれるかもしれない。そうあって私はほしいのだ。ことに田舎《いなか》にいると、その点を厳格にしないと危険であった。田舎者は好意から、赤子に食わしてならぬ物でも、食わしたがるからである。（一四四）

この部分を読んで何か特徴に気づくでしょうか。たしかにわかりやすいけど、何の変哲もないふつうの文章ではないかと思う人もいるかもしれません。たしかに一文一文は短くて簡潔だけど、この程度で〝名文〟の誉れを手に入れられるものなのか。
その通りです。文章は何の変哲もないかもしれない。しかし、文章というものは文章だけで完結するわけではないのです。必ず別のファクターと絡み合っている。ここでも注目したいファクターがあります。それは意識というファクターです。

ちょっと考えてみたいのです。この作品の語り手はどうしてこの「しかしそれは私にとっては別に悪くはなかった」「私にとっては別に悪くはなかった」のがなぜなのか説明するためでしょう。ふつうの人にとっては、人からそんなふうに揶揄されるのはたまらないことだから態度をあらためようとしたりする、あるいは少なくとも自分のこだわりや神経質さを隠そうとするかもしれない。しかし、この主人公はそうではない。その理由を明らかにしましょう、という。

しかしさらに考えてみてください。どうしてそんな理由をいちいち明らかにする必要があるのでしょう。こちらとしては、別にそんなことをくだくだ説明される謂われはないように思える。作家志賀直哉とほぼ重なると思われるこの主人公が、いったいなぜ自分の子どもに対して過保護であることを隠そうとしないかなどというどうでもいい問題に、私たち読者はたいした興味を持ちそうにありません。少なくとも物語の展開上も、そのような問いがサスペンスをつくるとは考えがたい。

ところが、この主人公兼語り手は読者の興味の方向とはおよそ無関係に、勝手に理由説明をはじめるのです。しかも、実に明晰に。実に簡潔に。しかし、この勝手にというところが、おもしろいところです。勝手にという身振りのおかげで浮かびあがってくることがあるからです。どうもこの一節は、誰かに向けて語られた文章ではないようなのです。いや、もっと正確に言うと、ほかの誰かに向けて語られた文章ではない。つまり、この箇所は語り手が語り手自身に向けて語る、という設定になっていると思うのです。
今の引用箇所をあらためて見直すとわかるように、「たとえば私たちのいない所で……」以降は、かなり明確な論理の筋道が立てられているように見えます。ひとつひとつのセンテンスのあとに（↓）とともに「従って〜となる」と挿入したくなるような、まるで数学の証明のような言葉遣いで文章がまっすぐに進行していると思えます。

たとえば私たちのいない所である人が左枝子に何か食わそうとする。（↓）ところがその人はすぐちょっと考えてくれる。私たちならどうするかと考えてくれる。（↓）で、結局無事を願って食わすのをやめてくれるかもしれない。そうあって私はほしいのだ。（↓）ことに田舎《いなか》にいると、その点を厳格にしないと危険であった。（↓）田舎者は好意から、赤子に食わしてならぬ物でも、食わしたがるからである。

こんな具合です。強いつながりが感じられるのは、傍線を引いた「たとえば」「で」「のだ」「ことに」「からである」といった言葉が文と文との接合を強めているからでしょう。文から文への連鎖を示すための明確な指標があるということです。
しかし、この部分、よく見ると変なところがあります。数学の証明のようにがっちりした骨格のない文章で書かれていると見えるけれど、実は途中からそれが迷走するのです。転機になるのは、「……やめてくれるかもしれない」と「そうあって私はほしいのだ」のところです。それまではそれこそ物事の流れが必然性とともに説明されていたけれど、ここで急に「私」の気持ちが露出してくるのです。しかもこの気持ちはひどく不安定である。不安定であるからこそ、数学の証明のような冷徹な論理にはなりえません。ここからの「……危険であった」と「……食わしたがるからである」という二文には、物事の必然どころか、物事を思うときの「私」の感情がきわめてはっきりと出ています。じたばたしているようにさえ見える。大人の理屈ではじまった文章が、子どもっぽい地団駄のようにして終わっているのです。

このような変化が生じたのは、説明的であった語りがそれとはちょっと違うものに転換されたためではないでしょうか。語り手ははじめは自分の気持ちについて語っていた。自分がどのような意識でいるか、例を使ってわかりやすく説明しようとしていた。ところが、やがて語りはその語ろうとした意識そのものへと没入していくのです。意識に没入するということは、もはや意識については意識的ではないということでもあります。でも、意識的ではないことによって、むしろ意識を語るのです。志賀直哉という人の文章の読みどころはまさにこのあたりにあると私は思います。文章が意識のこちらとあちらを行き来するさまを、こんなに生々しく提示してみせた人はいないのです。

意識をつかまえる

小説というのは読者に向けて語られるものです。あらゆる言葉が、それこそ一字一句が、作品世界の構築に何らかの役割を果たしている。だから私たち読者も、その一字一句の意味や役割をくみ取っていかなくてはならない。しかし、意味というものは、「さあ、どうぞ。この意味を受け取ってください」という形で差し出されるものとは限りません。むしろ私たち読者が「ああ、そういう意味だったか！」と後から気づくことで、はじめてそれを受け取ることができるという場合もあります。

これは別の言い方をすると、小説の中では必ずしも語り手vs読者という構図に則る形で言葉のやり取りが行われるわけではない、ということです。たとえば絲山秋子「袋小路の男」でも、読者は語り手の小田切に向けた語りを横で盗み聞いただけでした。「流行感冒」を読んでいて気づくのは、語り手がまるで語っていないかのように、つまり誰に向けても語っていない、ひとりだけで考えたりつぶやいたりしているように振る舞う、そんな回りくどい形でやっと私たちに何かを伝えることがあるということです。まるでこちらと目を合わせないでものを言ってくる人のように。

なぜ、そんな面倒くさい方法が必要になるのでしょう。それは語り手が――そして小説家が――自分が知っている以上のことを表現しようとするからではないかと思います。小説なるものは近代になって成立したものですが、それがさまざまな文章表現のジャンルの中でもやや特別扱いされてきたのもこのことと関係あります。近代小説が土台にしているのは、近代個人主義とその根幹にある個人の自意識なのですが、自意識というものは言葉でつかまえるのがとても難しい。とくに意識をしているその主体にあたる人が、自分でそれを言葉にする場合にはいろいろ障害が生じてきます。意識といっても、自分で自分にウソをついたり、無意識の部分が入りこんできたりするからです。

小説というジャンルはそのあたりの困難と格闘しつづけてきたわけです。小説の形式にしばしば大きな改革がくわだてられたりするのも、そのあたりの根本的な不安定さと関係しているでしょう。非常に素朴な言い方をすると、言葉というのはいつも正直に語られるとは限らない。語られた言葉には、いつだってそれがウソである可能性が秘められているのです。間違いであることもありうる。そんなメディアとどうやって付き合ったらいいのか。小説というジャンルではつねにそのことが問題になってきたし、多くの小説家はこの問題と向き合ってきたわけです。志賀直哉もそういう小説家のひとりでした。この「流行感冒」という小説は、まさにこの「正直」というテーマを正面から話題にしています。

いかに小説の中で正直になるか。いかに自分の意識や心をきちんと語るか。先の引用部には、そんな問いに対する志賀の答えの一部が見えたように思います。言葉が意識そのものとなるのです。意識についての言葉を語るのではなく、意識そのものをどろっと言葉として表出させる。そうすることで言葉は語り手の操作を越えたものとなる。もはやウソの余地のない、超越的なものとなる。

しかし、そんなことがほんとうに可能なのでしょうか。実はそこには仕掛けがあります。そしてまさにそこが志賀の文章が〝名文〟と呼ばれる秘密ともかかわってきます。

正直になるための方法

ここでいったん小説の粗筋を確認しておきましょう。心配性の「私」の家にはお手伝いの若い女性がふたりいます。いよいよ流行感冒が近づいてきたというので、「私」は用心深くなり、風邪をうつされやすい芝居などには決して行かないようにと家族やお手伝いに命じます。ところが、お手伝いのひとりの石はどうしても行きたいものだから、薪をもらいに行くとウソをついてこっそり芝居を観に行きます。このことはやがて主人たちの知るところとなるのですが、詰問されても石は平気でウソをつき通します。しかも、本当はひとりで行ったのに、他の人も巻き込んだことにしたりする。こうしてウソを重ねていくのです。

「私」は非常に不快な気持ちになります。石という女が恐ろしいとさえ思う。そして石を里に帰そうとするのですが、何しろ子どもがとてもなついている。そのほかにもいろいろ事情があって、結局、「私」はあきらめてこれまで通り石を家においてやることにします。しかし、一件落着とはいえ「私」の石に対する嫌悪感は決して消えたわけではありません。

さて小説の後半です。いよいよ流行感冒が「私」の家にも到来します。皮肉なことに、最初にやられたのは誰よりも風邪のことを恐れていた「私」です。どうも出入りの庭師の作業を手伝っているうちにうつされたようです。それから順繰りに家族がやられ、呼び寄せた看護婦にまで感染、ついには左枝子にもうつります。かかっていないのは、すでに以前この風邪にかかっていたもうひとりの看護婦と、あとは石だけになります。

石は実に献身的に働きます。みなが寝込んでただでさえ昼間忙しいのに、夜も寝る間を削ってむずかる左枝子を寝かしつけてくれている。それを見て、石に対して頑なになっていた「私」の気持ちは一気に氷解します。別に自分たちの機嫌をとろうとするのでもない、本心から一生懸命にやってくれているらしい石の様子を見て、それがほんとうの「善意」に感じられると「私」は思うのです。

このような粗筋を読むと、「あまりにオチがわかりやすくて馬鹿馬鹿しい」と思う人もいるかもしれません。しかし、すでに何度も強調してきたように、小説家の腕の見せ所は、一見馬鹿馬鹿しいような話やありえない荒唐無稽な物語を、文章の力で読みがいのある作品に仕立て上げるところにあります。筋がどうでもいいわけでは決してないのですが、筋だけでは小説は語れない。「流行感冒」はとくにそうです。
そこで見てもらいたいのが次にあげる一連の箇所です。石の振る舞いをめぐって「私」はいろいろなことを思うのですが、その意識の様子が事態の推移に従って書き分けられています。まず最初にあげる一節に描かれているのは、芝居には行っていないとシラを切る石を前にしての「私」の気持ちです。まだこの時点では「私」は石がウソをついていることは知りません。

「お前はほんとうに芝居には行かないね」
「芝居には参りません」
私は信じられなかったが、答え方があまりにはっきりしていた。やましい調子はほとんどなかった。縁にひざをついている石の顔色は光を後ろから受けていて、まるで見えなかったが、その言葉の調子には偽りを言っているようなところは全くなかった。それゆえ妻はすなおに石のいったとおりに信じている。私もそうかもしれないという気を持った。が、なんだかふに落ちなかった。調べればすぐ知れる事だが調べるのは不愉快だった。あとで私は「ああはっきり言うんなら、それ以上疑うのはいやだ。……しかしともかくあいつはきらいだ」こんな事を妻にいった。（一五一〜一五二）
この文章には先にあげた箇所とそっくりな構造があります。そもそも問題になっているのは石がウソをついているのかどうか、ということです。そのことをめぐって「私」は、「これはほんとうかどうか?」という問いを立てています。発端にそのような真偽をめぐる問いがあることもあって、段落全体には緊張感がみなぎってもいますし、「それゆえ……信じている」「そうかもしれない」「が、なんだかふに落ちなかった」という連鎖には、まるで探偵小説のような、真偽をめぐるきわどい心理の揺れが伴っています。ところが、そこに転機が訪れるのです。「調べればすぐ知れる事だが調べるのは不愉快だった」という一節の「不愉快」という語とともに、話の焦点が〝真偽〟から〝気分〟へと移ってしまうのです。会話部分とはいえ、「私」は「いやだ」とか「あいつはきらいだ」などという露骨に感情的な言葉を吐いています。

先の引用でもいつの間に論理から感情へと言葉のレベルが移るのを確認しました。それに伴って、意識について語っていたはずの言葉が、意識そのものを具現するようになった。ここでも似たようなことが起きているようです。真偽を穿鑿《せんさく》するはずの理詰めの言葉が、「不愉快」「いやだ」「きらいだ」といった感情の言葉にとってかわられている。それに伴い真偽はどうでもよくなってしまって、「私」の〝気持ち〟ばかりが露出するのです。その〝気持ち〟を語るためのキーワードとなるのが、今の引用部にもあった「不愉快」という言葉です。この言葉はこの後、頻出することにもなります。

なぜ、語り手は「不愉快」にこだわるのでしょう。おそらくそれは、「不愉快」という気持ちこそが、彼が語ることによって実現しようとしていることの根本にあるからです。それはつまりは、正直になる、ということなのです。

次の引用を見てみましょう。「私」は石が芝居を観に行ったに違いないと疑っているので、風邪をうつされてはいけないと左枝子を抱かせないように命じます。そこには先ほどの「あいつはきらいだ」という感情もまじっていたでしょう。つまり風邪のことが心配なだけではなく、「私」には石を疎ましく思う気持ちが強くなったので意地悪をしてしまったのかもしれない。すると、そんなやり方で子どもをとりあげられた石はいやな顔をして、ついには家から飛び出してしまう、そんな場面です。

そのあとを追って、左枝子がしきりに、「いいや！　いいや！」と大きな声を出して呼んだが、石は振りかえろうともせず、うつ向いたまま駆けて行ってしまった。

私は不愉快だった。いかにも自分が暴君らしかった。――それよりみんなから暴君にされたような気がして不愉快だった。石はもとより、妻や左枝子までが気持ちの上で自分とは対岸に立っているように感ぜられた。いやに気持ちが白《しら》けてしばらくは話もなかった。まもなく従弟《いとこ》は裏の松林をぬけて帰って行った。それから三十分ほどして、私たちも下の母屋《おもや》へ帰って行った。

（一五二〜一五三）

この部分でとくに注目して欲しいのは傍線を引いた箇所です。左枝子が叫ぶ、石が駆け出してしまう、そんなどたばたに続いて、語り手はふと内省的になるのですが、内省的といってもその作業には行き止まりがあります。「不愉快」という気持ちです。語り手は「不愉快」という概念に行き当たると、まるでそこで思考停止してしまったかのようにその先に進めなくなるのです。

しかし、ここであらためて感じるのは、語り手が「不愉快」という袋小路にたどり着いても、いっこうに気にしてないようだということです。嬉々としてとまでは言わないまでも、実に歯切れよく言葉を繰り出しながら、自分の不愉快の理由を説明しているのです。その言葉遣いは堂々としていて、まるで宣言でもするようであり、威張っているようでもあり、たかだか「私は不愉快だ」という気持ちを語るにしては格調高いほどの威厳さえある。

ここで語り手はたいへんみっともない思いをしています。まわりの人間のせいで自分が「暴君」のように演出されてしまい格好が悪い。居心地がよくない。しかし、なぜ、この語り手がこんなに堂々としているかというと、そのような格好が悪い自分を突き止め意識していることについては彼は満足しているからです。つまり、自分はそれだけ正直に自分について語っている。自分で自分の意識を捕獲している。小説家冥利につきるというわけです。

女はなぜ嘘をつくのか

しかし、果たしてそれだけでしょうか。

そこでひとつ気になることがあります。先ほどまわりの人間のせいで「私」が格好悪い気持ちに追い込まれてしまったと言いましたが、このまわりの人間について、何か気づくことはないでしょうか。女性がほとんどなのです。左枝子はもちろん、妻、石、もうひとりのお手伝い、看護婦……。表だった登場人物がみな女性なのです。これは何か意味があるのでしょうか。ひとつ関係しそうなのは、語り手の言葉遣いが歯切れがよく、格調高く、威厳に満ちていて、つまり、男が男らしさを振りかざすときの言葉になっているということです。しかもそこには、「おうおう、おめえさあ」というような、下品で柄の悪い男っぽさではなく、立派で高潔な美徳としての「男」を体現するような、凛々しさが提示されている。
おそらく志賀直哉の文章を〝名文〟とするとき、このような凛々しさのことが想起されている場合が多いのではないかと思います。たしかに男らしい立派な文章です。志賀直哉はたいへんハンサムで運動神経もよく、鉄アレイを持った有名な写真なども残されていますが、まさにそういうイメージに合致するような立派な作家の像です。まわりを女性でかため、ひそひそささやく女たちの発言ばかりを響かせれば、それだけ「私」の潔い言葉は際だつことになります
しかし、このような男らしさを〝名文〟として嘆賞するだけでほんとうにいいのでしょうか。私たちはそこに何かを読み逃してはいないか。
そこでさらに続く場面を見てみたいと思います。石が飛び出していってしまったあと、「私」と妻とは取り残されて困ってしまいます。

「石。石」と妻が呼んだが、返事がなかった。

「きみ。きみもいないの？……まあ二人ともどこへいったの？」

妻は女中部屋へいって見た。

「着物を着かえて出かけたようよ」

「ばかなやつだ」

私はむッとして言った。

私にはかねてから、そのまま信じていい事は疑わずに信ずるがいいという考えがあった。誤解や

曲解から悲劇を起こすのは何よりばかげた事だと思っていた。けさ石が芝居には行かなかったと断言した時に、私はそのままになるべく信じられたら信じてやりたく思っていた。実際、うそに決まっているというふうにも考えなかった。半信半疑のまま、その半疑のほうをなくなそうと知らず知らず努力していた形であった。ところが半信半疑と思いながら実は全疑していたのがほんとうだった。こういう気持ちの不統一は、それだけですでにかなり不愉快であった。ところで二人とも逃げて行った。私はますます不愉快になった。そしてもしも石が実際行かなかったものなら、自分の疑い方は少し惨酷すぎたと思った。石が沼向こうの家に帰って、泣きながら両親や兄にそれを訴えている様子さえ思い浮かぶ。だれが聞いてもわからず屋の主人である。つまらぬ暴君である。第一自分はそういう考えを前の作物に書きながら、実行ではそのまるで反対の愚をしている。これはどういう事だ。私は自分にも腹が立って来た。
（一五三〜一五四）

ここにも先ほどから確認しているのと同じ構造があるのがわかると思います。とくに「私はむッとして言った」の後に注目してみてください。「私にはかねてから……」という言い方にも表れているように、この段落では語り手は例によって理詰めモードになっています。信じることと疑うことについて自分がこれまでとってきた態度を、冷静に、明晰な言葉で説明しようとしている。「半信半疑」という表現にひっかけて「半疑」と言ったり「全疑」と言ったり造語めいた言葉をならべながら、いかにも理知的なふうに自分の心の動きを分析してみせています。それが、しかし、ある段階に達すると例によって「不愉快」という行き止まりに達する。「ところが半信半疑と思いながら実は全疑していたのがほんとうだった。こういう気持ちの不統一は、それだけですでにかなり不愉快であった。ところで二人とも逃げて行った。私はますます不愉快になった」。ここはもう理屈も何もありません。感情がどっと起きてきて、説明も分析ももう先には進みません。

「私」はこうして感情におぼれる自分を演じきることで、堂々と自分の見苦しさを提示している、とひとまずはまとめておくことができそうです。実に正直な語り手です。隠し立てせず、あえて格好の悪い自分を白日のもとにさらしている。そもそもこのように自分の意識そのものについて意識するその探求の身振りの誠実さはたいへん印象的です。禁欲的で逃げない。すべてをあますところなくとらえようとする厳しさがある。その堂々とした歯切れのいい簡潔な言葉遣いとも相まって、すべてに男性的な潔さがにじみ出している。気持ちがいい。まさに〝名文〟。

ただ、あらためて（正直に！）考えてみて欲しいのですが、この内省ぶりはたしかに立派だとして、でも果たして私たちはそれを立派だと思うだけで済むでしょうか。今読んで、このような語り手の呻吟を「すごい。男らしくて立派だ」と思う人はどれくらいいるでしょう。この問いに対する答えはすぐ後に続く部分に示されていると私は思うのです。


「おとう様があんまりしつこくおうたがりになるからよ。行かない、とあんなにはっきり言っているのに、左枝子を抱いちゃあいけないのなんの……だれだってそれじゃあ立つ瀬がないわ」

気がとがめている急所を妻が遠慮なくつッ突き出した。私は少しむかむかとした。

「今ごろそんな事をいったってしかたがない。今だっておれは石のいう事をほんとうとは思っていない。お前までぐずぐずいうとまた癇癪《かんしゃく》を起こすぞ」私は形勢不穏を現わす目つきをしておどかした。
「おとう様のは何かお言い出しになると、しつっこいんですもの、うちの者ならそれでいいかもしれないけど……」
「黙れ」（一五四）
そうなのです。先ほど立派で、堂々として、理知的で、男性的だと言った、あの最終的には「不愉快」へとたどり着く理詰めの内省は、女性である妻の視点からすると「しつっこい」だけなのです。あんなに難しげな言葉をつらねて重々しく語った「私」は、妻の「おとう様のは何かお言い出しになると、しつっこいんですもの」との飄然とした言葉に、木っ端みじんに粉砕されてしまっているように見えます。実際、この小説を今読んで、あの内省の部分に「しつこいなあ」と思う人は少なくはないのではないか？　少なくとも私はそのひとりです。

〝男の言葉〟の使い道

こうしてみるとこの小説は一種類の言葉だけで構成されているわけではないことがわかってきます。一方には「私」の語る立派で堂々として歯切れのいい〝男の言葉〟がある。男の言葉は論理的で内省に向いています。正直に明晰に見苦しいものを暴き出すことができる。「私」はだいたいこの言葉を使いこなしているようにも見えます。論理は途中で放棄され、「不愉快だ」という断定とともに語りは袋小路に行き当たるのですが、これもある意味ではあっぱれな討ち死にと言えるかもしれません。意識を分析的に客観的に追おうとしつつも、最後はその意識に巻き込まれるようにして意識そのものの言葉を語るようになる。それを象徴したのが「不愉快だ」の連呼です。いわば捨て身の作戦だと言えます。

しかし、忘れてはならないのは、このような男の言葉とコントラストをなす形で、女たちによって語られる言葉があるということです。女たちの言葉は、立派で正直な男の言葉からすると何となくぐにゃぐにゃしている。立派でもないし正直でもない。平気で嘘を言ったりするし、都合が悪くなると黙ったりもする。しかし、女たちの言葉には、立派さや歯切れのよさにとらわれることのない自由さもあります。だから、語り手の立派で正直な内省も、そういう言葉にかかると「おとう様のは何かお言い出しになると、しつっこいんですもの」ということになってしまう。この「しつっこいんですもの」との評は、「私」の言葉に、「私」がもっとも避けようとしている要素、すなわち他ならぬ「女々しさ」があることを示唆していて、たいへんおもしろいのです。

冒頭で私は、小説の語り手というものは自分が知っている以上のことを表現しようとすると言いました。ここに表れているのはそのようなことです。志賀直哉の語り手は美しい男の言葉を語ることで堂々とそびえ立っているように見える。自身の見苦しさを探求する禁欲性までも含めて、その内省する精神の道徳的な高潔さは志賀の〝名文らしさ〟を保証していると見える。しかし、志賀の〝名文〟のほんとうのおもしろさは、そのような立派さが、一見嘘つきでいい加減で劣ったものに見える〝女の言葉〟にいとも簡単に敗れ去ってしまう、そこまでが私たちの目に見える形で書かれているというところにあると思うのです。

おそらく女の言葉をもっとも濃厚に具現しているのは石です。石は「私」にとってははかりしれない女で、平気で嘘をついて顔色ひとつ変えない。だから「私」は彼女を「恐ろしい」とさえ思う。ところがその石が、左枝子が流行感冒にやられると別に計算ずくでもなく看病してくれる。そこには「私」の理屈では到底わからない何かがあるようなのです。語り手は決してそれを言葉にすることができない。

小説の終わり近くに興味深い場面があります。「私」の一家が東京に引っ越した後、結婚の準備で実家に戻っていた石がひょっこり訪ねてきます。もちろんそれは嬉しい出来事ではあったのですが、どうして石が急にやってきたのかがわからない。すると、妻がこんなことを言います。


「私がこのあいだはがきを出した時、お嫁入りまでにもし東京に出る事があったらぜひおいで、と書いたら、それが読めないもんで、学校の先生の所へ持っていって読んでもらったんですって。するとこれはぜひ来いというはがきだというんでさっそく飛んで来たんですって」（一六九〜一七〇）

これは石の言葉との付き合いをよく示す場面です。石は字なんて、言葉なんて読めやしない。だから、石にとって言葉は正直さだの誠実さだのということのはかられる道具ではないのです。そもそも「正直」だの「誠実さ」だのというものが、石からすると理屈や概念にすぎない。だから芝居に行っているのに「芝居には参りません」と言い張ることもできる。

語り手がそんな石を自分の言葉でとらえることのできないのも当然です。少なくとも自分の不機嫌を語ったのと同じようには石を語ることはできない。しかし、語り手は自身の言葉や倫理を超越してしまう石の言葉に敗れることで、逆に石を語っているとも言えるのです。小説にはそのような芸当が可能だからです。何しろ理詰めで分析しているようでいて、「しつっこい」という印象をも与えてしまうのが男の言葉です。なかなかしぶといところがある。志賀直哉の文章の〝名文らしさ〟の核心も、最終的にはそのあたりまでたどることができるのではないでしょうか。

「流行感冒」 一九一九年「白樺」第十年四月号に発表。初出の題名は「流行感冒と石」。同年四月の新潮社「代表的名作選集」第三十三として刊行された『和解』に収録。表題はその後「流行性感冒と石」など幾度かの変更をへて、一九二二年『寿々』（改造社）で「流行感冒」となる。引用は『小僧の神様 他十篇』（岩波文庫、一九六七年）よりとった。
志賀直哉（しが なおや、一八八三〜一九七一年） 学習院在学中から有島武郎らと雑誌「白樺」を刊行し、文学活動をはじめる。独自のきりつめた文体と心理描写で圧倒的な存在感を持つようになった。作品に「城の崎にて」「小僧の神様」「和解」「灰色の月」『暗夜行路』など。

第8章■

佐伯一麦「行人塚」

——「私」が肝心なときに遅れるのはなぜ？

〝名文〟と私小説のつながり

前章では〝名文〟ということについて考えてみました。なぜ志賀直哉の文章が〝名文〟と言われるのか。昔から志賀の書くものについては正確だとか簡潔だといった評言がありますが、実際に小説を読んでみるとそれだけでは説明のつかない要素が含まれていることもわかってきます。どうやら人が〝名文〟と呼びたくなる文章というのは、一面では立派で美しく見えるけれど、それとは反対の要素もはいってくるらしい。必ずしも文章として形が整っていたり、見るからに華麗であったりするだけが〝名文〟の条件ではなさそうです。

志賀直哉はしばしば私小説家の代表とされる人ですが、考えてみると〝名文〟ということが話題になる人には志賀直哉を筆頭に私小説家が多いようにも思います。昔であれば瀧井孝作、正宗白鳥、時代が下れば八木義徳、車谷長吉、西村賢太など、わざわざ文章のことが褒められる作家というのはどちらかというと私小説系の作家が多そうです。これはどうしてでしょう。〝名文〟を書くためには私小説でなくてはいけないというルールでもあるのでしょうか。あるいは人が〝名文〟と呼びたくなる文章を書くには、私小説という枠組みが都合がよいのか。

今回はそのあたりのことを考えてみるために佐伯一麦の作品を取り上げたいと思います。現代の作家でも私小説を書く人はいますが、佐伯一麦はその中でも繰り返し同じ題材を取り上げるという点で、より濃度の高い私小説家だと言えるかもしれません。とくにデビューしてしばらくの佐伯は、家族との生活のことをこれでもかとばかりに書き続けました。ついには妻に「もうこれ以上、あたしや子供たちのことを書くんだったら、離婚して一人でやってください。お願いします」(「木の一族」一六二)とまで言われてしまいます。でも、そんな妻の言葉までをも、佐伯は小説に書いてしまうのです。

「木の一族」にも書かれているように、佐伯は実際に離婚することになります。まさに実生活を犠牲にして文学に捧げるという作家らしい生き様と見る人もいるでしょう。そうした見方が適切かどうかはともかく、少なくとも文章のレベルで私生活と文学とが拮抗するような緊張感を読み取ることはできるように私は思います。このような事情をも頭に入れつつ〝名文〟と私小説との間のつながりについて考えてみたいと思います。

「私」がまた出てきた

佐伯一麦にはいつも「私」か、それに類する人物が登場します。その「私」の生い立ちや女たちとのかかわり、家族のこと、仕事のことなどを佐伯は小説に書いてきました。デビュー作の「木を接ぐ」、その後の「木の一族」「古河」「一輪」『ア・ルース・ボーイ』『ショート・サーキット』などいずれの作品でも、スナックで知り合った、別の男の子どもをお腹に宿した女性との同棲生活やその後の諍い、電気工としての仕事などについて、ときにはかなり記述を重複させつつも、何度も何度も語り直すというやり方を意図的にこの作家は選んできました。

しかし、読んでいる方は必ずしも「また同じものを読まされた」という気分にはなりません。そのひとつの理由は、佐伯が語り手の設定について、毎回いろいろと工夫をしていることもあるでしょう。そのときに「おれ」「ぼく」という一人称で語ったかと思うと、「お前」と主人公を二人称にしたり、「彼」と三人称にしたり。それに合わせて、文章のトーンも変わってきます。

そんな中にあって、今回取り上げる「行人塚」という短篇では語り手の設定はかなりストレートです。この作品は一九九一年に「新潮」(七月号)に発表されたもので、一時のブランクをへて一九八四年のデビューからはすでに七年がたった頃の作品ですが、語り手と主人公の「私」はほぼ重なっていてこの主人公を視点に語りが進められていることもあり、まるで初心にかえったような印象すら与えます。そのせいもあってか、この「行人塚」という作品を丁寧に読んでいくと、佐伯一麦ならではと思えるいくつかの特徴が見えてくるように思えます。しかもそれらは佐伯一麦の固有の文体の兆しであるにとどまらず、同時に私小説というジャンルの根っこにあるものをも知らしめてくれるかもしれません。

「行人塚」で語られるのは至極単純な話です。お金に困った主人公が日頃ほとんど付き合いの絶えている仙台の実家を、妻とふたりの幼い娘を連れて訪れる。上の娘が神経質で電車酔いが激しく言葉もうまく出ない、また妻との関係も必ずしも良好ではないといったこともあって、東京から仙台への旅行は明るく楽しい家族旅行とはほど遠い、むしろ苦行に近いものとさえなりますが、実家にたどりついてみるとこちらから切り出す必要もなく父親は息子の窮状を察し、蓄えてあった貸し付け信託の通帳を渡してきます。元々金の無心が目的だったとはいえ、いざこうして通帳を受け取ってみると主人公は強い自己嫌悪にかられる……ざっとこんな流れになっています。いかにもありがちな展開とも見える。

しかし、興味深いのはむしろそこです。こんなに単純で、ひどくありがちにさえ思えるストーリーなのに、どうして「行人塚」は小説たりえているのか？　というふうに考えてみたい。しかもそれはかなりすぐれた小説になっていると私は思うのです。いったい何が起きているのでしょう。私たちは何を読みたくて、このようなありふれた帰郷譚を読み進めてしまうのか。

そこでまず問題になってくるのは、文庫本判で十数頁、四〇〇字詰原稿用紙換算でおそらく三〇〜四〇枚というごく短い短篇で語られているのが、帰郷という出来事だけではないということです。たしかに新幹線に乗って仙台まで移動し、タクシーに乗り、久しぶりに訪れた実家で両親と対面するというのが主となる出来事で、その様子はかなり詳細に描写されてもいるのですが、その主のストーリーと平行する形で「私」は自分の過去を上手に挿入していきます。妻とのなれそめ、長女とうまくいかなくなったいきさつ、高校生の頃の家出、中学生の頃の恋人。この昔語りは一見とりとめがなく、現在の出来事に触発されるかのように気まぐれに断片的に想起されているだけのようにも見えるのですが、実はこの〝想起〟のタイミングはたいへんよく計算されています。
とりわけ一番思い出すのが辛いこと――しかし、それだけに主人公の人生にとっては決定的な意味を持っているように思えること――は、絶妙のタイミングで想起されます。ちょうど両親との再会が望むような結果をもたらし、これですべてが終わってあとは帰京するだけというそのとき、主人公は寝静まった家族を残してひとり家を出て行きます。彼はかつて自分が新聞配達をして回った一帯を懐かしい思いとともに通り過ぎながら、やがてある場所にたどり着くのです。それがこの作品のタイトルにもなっている「行人塚」と呼ばれる小さな祠でした。

そこは、山伏《やまぶし》や六部が自ら生き埋めになり二十一日間榎《えのき》の大木を通して土中から念仏の鈴の音が聞こえたという伝説が残っている場所だった。榎の老木の洞《うち》は、子供たちの宝物の秘密の匿《かく》し場所でもあった。やはりこの場所に来た、と私は思った。だが、榎の老木は、いつのまにかバッサリと伐り落とされてあった。この場所で五歳の私は、大きな恐怖を味わっていた。大きな犬を連れた青年が、犬をけしかけ、恐ろしさに怯えている私を思いのままにしていた。気が付くと私は、裸の下半身が泥《どろ》だらけになっていた。それ以来、私は、言葉が不自由になった。
（二三～二四）

主人公がこうして「行人塚」への帰還を果たすに及んで、私たちは今まで読んできた物語が、実はこの小説の〝本当の物語〟ではなかったことを明確に知るのです。実は妻子を連れて仙台まで戻ってきた主人公の目的は、今まで所々に挿入されほのめかされてきた過去の物語の切れ端をあらためて生、き直すことにあったのです。生き直すことで、それをひと連なりのリアルな物語として完成させる。その〝過去の物語〟がこの「行人塚」の場面でやっと完成するのです。そしてここで、今まで表にあった〝現在の物語〟がするっと〝過去の物語〟にとってかわられることになる。

言葉が不自由な小説家

こうした「過去の秘密の暴露」は、小説のオチとしては珍しいものではないでしょう。深刻な過去が暴かれることで主人公の奥深い部分が垣間見られる。「ああ、そういうことだったか」と私たちは思う。

しかし、佐伯一麦ならではと言える要素が組み込まれているのはまさにそこです。鍵になるのは、今引用した一節の最後にある「それ以来、私は、言葉が不自由になった」という部分です。主人公の「私」の最大の特徴は「言葉が不自由」だということなのです。小説家なのに、あるいは物語の語り手なのに「言葉が不自由」とは変だと思う人もいるかもしれません。言葉が不自由ならどうしてわざわざ語るのだろう？　どうしてわざわざ小説など書くのだろう？　と言いたくもなる。

しかし、そこが小説というジャンルのおもしろい、そして奥深いところです。小説では「言葉が不自由」な人こそが解放されうる。むしろ「言葉が不自由」だから、語るのだと言ってもいいくらいです。もっと言うと、すべてを何の不自由もなく語れてしまう人には小説的な言葉を語る必要もないし、おそらく語ることもできないのかもしれません。

では「私」の言葉の不自由さとはどんなものなのか、実際に確認してみましょう。たとえば冒頭近く、彼が家族を連れてやっと新幹線に乗り込む場面です。

自由席にただ一カ所だけ並んで空いていた二人掛けの座席に女房と娘たちを坐《すわ》らせ、私はそこから数列前の通路側に席を取った。車内には、出張の行きや帰りらしい背広姿が多く目に付いた。並んで腰を降ろしている者達は稀《まれ》で、二人掛け三人掛けの座席に一人坐っている者が殆《ほとん》どだった。家族連れといったら、私達ぐらいなものだった。九月末という時季外れの平日に、私は女房子供を連れて初めての帰省を行うところだった。

この電車臭いよう。後方から長女の声が聞こえた。答える女房の声はくぐもってよく聞き取れない。やっぱり始まったな、と私は思った。長女は乗り物酔いがひどかった。それでも、窓を開けて自然の風にあたっていればどうにか我慢できるのだが、密閉され空調が効いた車内では、臭い臭いと言い出して癇症《かんしょう》に鼻を摘《つま》み、すぐに気分が悪くなってしまう。（一二）

注目したいのは傍線を引いた「やっぱり始まったな、と私は思った」という箇所なのですが、あえてその前の部分も含めて長めに引用してあります。というのもここでは、やっと電車に乗り込んだ語り手が、車内を見渡してひとしきりあたりの様子を描写すると、ちょうど頃合いを見計らったかのように長女が「この電車臭いよう」と言い出すからです。このタイミングに注目したい。

おそらく車内に入った時点で、「私」は長女に何かが起きるであろうことは予測しています。何しろ調布から乗った京王線でも、新宿から乗った山手線でも、夫婦は長女が気持ち悪いと言い出さないように冷房を落とした車両を選んで乗ってきたのです。そして、密閉された新幹線の車内で、長女は案の定「臭いよう」と言い出した。

大事なのは、語り手の「やっぱり始まったな」という言葉が、出来事に遅れていかにも遅まきながら発せられるということです。この遅さこそが小説の言葉の核心にあるものではないかと私は思うのです。長女が「この電車臭いよう」と言い出す、その出来事そのものは読者にとっては新しいことであり、その意味では十分にドラマチックな展開の芽を含んでいます。つまり、物語の提示という意味ではうまいとさえ言えるような、どきっとさせるやり方でストーリーは語られている。しかし、語り手は一方ではそのように語りを上手に劇的に進行させつつ、もう一方では「やっぱり」という語りによって出来事の新鮮味を抑制しようともしています。「やっぱり」にこめられているのは、語り手がある程度事態の発生を予見していたことであり、そういう意味ではこの出来事はドラマチックどころか、「遅まきながら」という倦怠感に満ちた失意を示すのです。

このような失意に満ちた遅れの感覚が決定的に示すのは、語り手の言葉が事態に先んじて語られることがないということです。世界の中を生きていて、またこの妻や子どもたちと生活を共にしてきて、主人公はある程度彼らの性格や、ましてや自分自身のやりそうなこと、思いそうなことを把握できる。しかし、彼の言葉はそれらの現実を前にして不自由であり無力なのです。現実の先を行くことで現実の方向を向け変えたり、現実に現在形で立ち向かうことで抗ったりすることはかなわず、いつも一歩遅れた地点から自らの失敗を認めるという形になってしまう。いつも後の祭りなのです。

そこであらためて重要な意味を持つのが、祠の前で想起される過去の出来事だというわけです。おそらくこのように〝つねに遅れてしまう〟ような現実との付き合い方は、幼少期に性的な虐待を受けた彼が引き受けざるをえない運命なのです。あの一件以来、現実に対して言葉の上で無力であるということを、彼は宿命として背負わざるをえなくなった。虐待者に対して何も抵抗できなかった彼にとって、自分の意思というものはつねに無力で遅れざるをえないものなのです。彼は、何度でも、その無力さと遅れとを反復することになる。あるいは反復している自身を嫌というほど意識する。
皮肉なのは、彼自身がそのような形で失意とともに決定的な無力感を味わっているのに、まさにその「遅れ」の感覚ゆえに、彼の語る物語には実に印象的な浸透力のようなものが備わるということです。家族がやっと仙台に着いて駅前に出たときの様子は次のように描写されています。

何よこれ、まるで渋谷じゃない。駅から出た途端、女房が叫んだ。広い通りを挟《はさ》んで向う側のビルにスクランブルの歩道橋が伸びていた。私も女房と全く同感だった。十八で東京へ出立したときは、まだ古い木造の駅舎だった。私は、通りの向うのデパートの方角に目を向けた。私はその裏手の青空市場で別れた少女のことを思った。高校時代に家を出た自分が帰るべき家は、少女とその赤ん坊と暮したアパートの部屋しかないはずなのかもしれなかった。姿を消した少女をようやく捜し当てたとき、彼女は二十歳近く年上の旦那《だんな》と一緒に露天で珍味を売っていた。（一六）

言うまでもなく、この一節の核心は仙台の駅前と渋谷駅前との類似を指摘することにあるわけではありません。仙台駅前のスクランブルの歩道橋をながめながら妻の呆れたようなやや強い語調に押し立てられるようにして、「私」は十八で東京へ出たときのことを想起し、さらにはその頃関係のあった少女のことへと思いをはせるのです。

この場面の「何よこれ、まるで渋谷じゃない」という妻の大きな声に比して、主人公の「高校時代に家を出た自分が帰るべき家は……」という傍線部の一節はいかにも小さい弱い声に聞こえます。遅れて語られるその言葉は、まるでより強い口調で語られる言葉のどさくさの中で、何かに紛れるようにして口にされているかのようにさえ思えます。むろん、それは妻の「何よこれ……」とは違い、実際に口に出されてもいないのです。

しかし、私たちがこの傍線部を読んで「あっ」と思うように仕向けられているのは間違いありません。どさくさ紛れのちょっとした回顧のふりをしつつも、ここでは主人公の過去をめぐってきわめて重要なことが明かされているからです。「ああ、そういうことだったか」と私たちは思わせられる。

祠の場面での過去の性的虐待の想起が、「ああ、そういうことだったか」という印象とともに作品のクライマックスを作っていることについてはすでに触れましたが、この仙台駅前の場面もそのクライマックスに至るための準備の役割を果たしています。こうしたステップを踏んでいくことで、「私」は過去の物語を生き直すことができる。そういう意味では実に巧妙に物語展開の筋道が仕組まれているとも言えるのですが、ここでもおもしろいのはそのような巧妙さが、一見、それとは正反対に見える語り手の言葉をめぐる無力さや不自由さとセットになっているように思えるということです。

妻の声高さに対して、「私」の言葉は声にすらならない。ひっそり内面で語られるだけの、発声以前の言葉にすぎません。しかもあらためて見てみると、傍線部の一文にはちょっとした文構造上の特徴もあります。

高校時代に家を出た自分が帰るべき家は、少女とその赤ん坊と暮したアパートの部屋しかないはずなのかもしれなかった。

「私」という主語はそこにはありません。いきなり「高校時代に……」とはじまる文の話題の中心が「私」であることは、かわりに「自分」という語を、主語という形ではなく挿入することで示されています。また少女との同棲のことはここではじめて言及されているにもかかわらず、それを「私は少女と同棲した」という主述のはっきりした文で打ち明けるのではなく、過去の顚末を「少女とその赤ん坊と暮らしたアパートの部屋」と短い修飾部に圧縮してつめこんである。慌てて足早に語っているように聞こえます。まるで言いにくいことだから、逃げるように素早く言おうとするかのようです。実際、この部分は妻に対しても口に出されず声にはなっていない部分なので、まさに言葉に出すことの困難にあえいでいる主人公の心理がそのまま文の形になって表れ出ているようにも思えます。そして、そんなふうに言いにくいことを言わずに済ませようとする主人公の性向は、父親に金の無心をしなければならないのになかなか言い出せず、結局向こうから切り出されるまで待ってしまうという後の場面でよりはっきり表れます。

なぜ私小説なのか

このような「言葉の不自由」はまさに「行人塚」という短篇の中心にあるテーマであり、またこの作品に限らず佐伯の他の小説にも見ることができるような、おそらく作家固有のテーマのひとつだと思います。長女の緘黙《かんもく》症、過去の秘密を抱えた妻、主人公の性的不能など、広い意味での「自己表現の困難」と関係している事象だと思えるのです。近年の作品でも、再婚し作風も変わったかに見えた佐伯が新しい妻の留学に合わせてノルウェーに住んだときのことを書いた『ノルゲ』のような小説では、日本語の通じない、しかも英語圏ですらない外国というセッティングを得て、「言葉の不自由」の問題が別の角度から表現を与えられていると言えるでしょう。

このような作家のこだわりを見ていると、「言葉の不自由」というテーマは小説を書くことの推進力にさえなっているのではないかと思えるほどです。そしてそれは、自分のことを書いていく私小説という方式を佐伯一麦が選択しつづけることとどこか関係あるのではないかという気もします。このことを考えるための重要なヒントが「行人塚」の中にあるので、そこを引用してみましょう。実家に着いてから、長女が思いがけず父親との散歩についてきて滑り台で遊んでいるときに次のようなことが起きます。

三歳ぐらいの男の子の手を引き、スーパーの袋を持った若い女が通りかかった。見覚えがある面《おも》影《かげ》と少しびっこを引いている歩き方を見て、渋谷明美、と私は心の中で呟いた。小学校での同級生だった彼女は、小児麻痺《まひ》でいつも級友たちに苛《いじ》められていた。男の子が水飲み場に駆け寄って行った。戻って来て、母親の手を取ろうとした男の子に突然彼女は思い切りビンタを食らわした。彼女が怒っている口調から、水を飲むときに蛇口《じゃぐち》に口を付けるなという言い付けを守らなかったからだと知れた。娘が怯《おび》えた顔で私の所に擦り寄って来た。私はハッと目が醒《さ》める思いだった。強い自信の母親の姿を見せた渋谷明美に、父親であることに揺らいでいる自分も打たれた気がした。（二〇）

ここでもこれまでに見てきたのと同じような語り手の位置を確認することができるかと思います――目の前で展開する出来事を、ちょっと遅れて離れた地点から語るのです。ここでは小学校の同級生だった女性を目にしながら、「渋谷明美」と心の中で呟くだけで、実際には声をかけたりはしない語り手の様子がまず描かれます。見ていると、今や母親となった元苛められっ子の渋谷明美が、連れていた男の子に強烈なビンタを食らわせるのです。ビンタを食らわせた理由は明瞭でした。男の子が水道に口をつけて飲んでいたからです。そんなこと、と思う人もいるかもしれません。いや、それは大事なことだ、という意見の人もあるでしょう。ただ、少なくとも主人公の「私」の目から見ると、重要なのはかつて弱者だったはずのあの渋谷明美が、親となることでこのように毅然とした態度をとれるようになったということです。いつまでも父親になることの覚悟を決められないでいる自分のふがいなさが、このビンタを通して突きつけられたような気がした。それで「ハッと目が醒める思いだった」というわけです。

なるほど、という展開です。「父親であることに揺らいでいる自分も打たれた気がした」という一節は見事です。たった一段落の中で語られる小さな物語なのに、きちんとオチがついている。と同時に、この「自分も打たれた気がした」という心理は、「言葉が不自由」な語り手ならではの感慨だなとも思います。つまり、このような語り手はいつも大事なことは他者から教えられると自覚しているようなのです。彼の言葉は現実世界をあらかじめ予測したり先廻りしたりすることはできず、いつも後から遅れて失意とともに何かを把握するにすぎないのだけど、そこにどういうわけか何とも言えない肯定感というか、楽観性のようなものがにじみ出してもいる。それは彼がこの〝教えられる〟という自らの位地を自覚しているからではないかと思うのです。自分はこうなのだ、とわかっている。悟っている。そういう自己イメージに落ち着き、かすかな愉悦の感覚すら覚えている。

それはおそらく大事なことは他者から教えられるという自己意識を持つことで彼が世界との付き合い方を安定させているからではないでしょうか。「やっぱり自分だ。こんなことじゃダメだ」という失意は、むしろ彼自身のアイデンティティを保証している。自分の失敗についていちいち「やっぱり」と思うことで、彼は少なくとも自分の〝眼〟が間違っていないことを確信するのです。

その根本にあるのは〝自己嫌悪の語り〟と呼ぶべきものかもしれません。先の公園での渋谷明美との遭遇に続いて語られるのは、実家で父親に通帳を渡される場面です。仙台行きという〝現在の物語〟を締めくくるかと見える箇所です。


つと立ち上がった親父が、奥の部屋から戻ってくると、私に通帳を差し出した。子供でお前一人だけが大学に行かなかった、不公平になるから入学金の代わりに貯金しておいた金だ、と親父が言った。私は通帳を開いてみた。額面五十万円の貸付信託の証書だった。お前のものだ。親父がもう一度言った。これで嫌なことを切り出さなくて済んだ、と私は思った。だが、女房子供をダシにして無心に来た下心を見透かされた思いに強い自己嫌悪《けんお》が拭《ぬぐ》えなかった。
（二一二）

これまでと同じように、語り手は最後まで口をつぐんでいる。そしてすべてを知った段階で、つまり段落の最後になって、はじめて声にならない言葉を自分自身だけに向けて語る。ここでも例によって言葉はすべてが終わった後、遅ればせながら失意とともに胸の内だけで呟かれるのですが、そのときの気持ちが「自己嫌悪」と呼ばれているのはおもしろいと思います。

考えてみると、これまで見てきたような、遅ればせながら段落の最後でやっと発せられる言葉には、すべてと言っていいほど「自己嫌悪」の感情が付着しているようです。自己嫌悪だから最後になって遅れて言葉になるのか、あるいは最後まで言葉にならないこと自体にイライラして自己嫌悪の感情が募るのか、そのあたりが不分明なほど、「言葉の不自由」と「自己嫌悪」とは不即不離の形で結びついています。

しかし、このように「自己嫌悪」の感情とともに不自由にひっそりと語られる言葉を、私たちは信用したくもなるようです。たしかに私たちは「オレの言うことを信用せよ！」とばかりに語られる、高らかで自信満々な言葉に日々接していますし、おそらくそれらの言葉には信用していいものや信用しないと生活がうまくいかなくなるようなものも含まれているのでしょう。たとえば炊飯器の使い方の説明書がいちいち自己嫌悪とともにひっそりと語られていたら用を果たしません。でも、そのような言葉とだけ接して生きていくのはなかなかたいへんなことです。おそらく私たちの中には、大きな声では言えないような、ひっそりと薄暗く「いやだなあ」という気持ちとともに語られねばならないようなものが潜んでいるのです。そして、そういう部分をすくい取り代弁してくれる言葉を私たちは求めてもいる。
小説の言葉の強みは、まさにそのようなところにあると思います。小説では、遅れてひっそりと挿入されるような言葉によってこそ、語りが展開されていると言えるのです。そこでは「自分はだめだなあ」と思うことで保証される自意識が語りの柱となることが多いからです。とくに私小説はそうです。伝統的に日本の私小説は「ダメなことをしてしまう私」を反省する一種の〝懺悔の文学〟という形で語られます。だからこそ、私小説は低い声のつぶやきを拾い上げていくことができるのです。そうした弱い言葉は私たちの心のどこかを安心させる力を持っている。現実の行為でないにもかかわらず、現実の行為にも匹敵するような力があるようなのです。私たちが〝名文〟に反応するのは、そんな潜在力を垣間見るときではないでしょうか。そして佐伯一麦の文章には、そんな不自由さを実に巧みに表現することのできる、たいへん魅力的な弱さが備わっているのではないかと思うのです。その「弱さ」の奥にひそんだ「だからといって負けてないよ」という、声にならない思いも含めてきちんと読み取りたいところです。

「行人塚」　一九九一年「新潮」七月号に発表。一九九四年、新潮社刊の『木の一族』に収録。引用は新潮文庫版（一九九七年）よりとった。

佐伯一麦（さえき　かずみ、一九五九年〜）　電気工として働いた経験などをもとにいわゆる「私小説」の書き手として知られるようになる。前期の作品には家庭の緊張や崩壊を描いたものが多い。作品には『雛の棲家』『ショート・サーキット』『一輪』『ア・ルース・ボーイ』『ノルゲ』『誰かがそれを』など。

IV

「小説がわかる」ということ

第9章 大江健三郎『美しいアナベル・リイ』
——そんなところから声が聞こえるなんて

難解なわけではないけれど

文学というと、何となく「あちら側」の世界に属すると思っている人も多いかもしれません。みなさん、日常生活の中では人の噂をしたり、ドラマや映画を観たり、場合によっては小説だって読んでいるのに、ひとたび「文学」と言われると、何となく近づき難いという印象を持ってしまう。何となく伝統芸能の世界に足を踏み入れるような、おそれ多いとでもいうような頑なな気分に浸ってしまうのです。

そういう中にあって大江健三郎は、純文学というカテゴリーに入れられる人にしては、わりに馴染みのある作家でしょう。何しろ、みなさんはたぶん、大江という名前を聞いたことがある。日本人で二人目のノーベル文学賞を受賞した人だからです。文学賞は国内のものなどは数え切れないほどあるようですが、ノーベル賞となると別格。オリンピックの金メダルとか、ＷＢＣの優勝とか、そういうレベルになります。新聞の一面にも載っただろうし、歴史や国語の教科書でも触れられている。大江健三郎という人は「偉人」らしいとみんな思っている。

それだけではありません。大江は反核運動に積極的に加わり、最近では太平洋戦争時の沖縄戦の歴史解釈をめぐって裁判の被告になったりもしています。障害を抱えた長男との生活ぶりも、創作やエッセーを通じて広く世間に知られています。

つまり、大江健三郎は多くの作家がそうであるのとはちがって、小説を書くことだけで世に出ている人ではないのです。政治や思想や教育といった分野でもその行動や意見が注目される人物なのです。作家というと、たとえその作品の中で現代社会について扱っている場合でも、自身の生活では社会から一歩身を退いている、という印象があるかもしれませんが、大江はそうではない。積極的に社会と交わっている。一度でもその講演を聴きに行ったことがある人ならわかると思いますが、壇上でも堂々としたものです。話もうまい。笑いもとる。とにかく華があるのです。

ところが、そのように積極的に外に出ていくタイプの小説家であるのに、不思議なことにその小説そのものは、決して読みやすいものではありません。だから、大江健三郎の名前を知っていても、小説は読んだことがないとか、読み始めても途中でやめてしまったという人も多いように思います。しかし、これまでの例からもおわかりのように、読みにくいには読みにくいなりの理由がある。大江の作品もそうです。

引っかかる部分や読みにくい部分に注目して小説の持ち味を引き出すというやり方は、すでにこれまでの章で行ってきた方法なのでみなさんある程度慣れてきたかと思います。しかし、読みにくさは千差万別。とくに大江健三郎の場合は、ひとつの特徴があります。たしかに読みにくいのだけど、難解さを乗り越えてでもたどりつけ！　という類の作家でもないということです。難解なわけではないのです。難解なのではなく、何となく頭に入らない。ここがわからないのだと特定の難所を認知させるのではないから、いつも靄がかかっているような、道がぬかるんでいるような具合。まるでこちらの頭が悪くなったような気がしてきます。

大江の小説は昔から難しいとか読みにくいとか言われてきました。その文体は翻訳調を転用したものだ、という。そこから新しい日本語が創出されたのだと評されてきました。大江はいわば、新しい外国語としての日本語を書いた、というのです。でも、それだけでこの「何となく頭に入らない」という感覚を説明することができるでしょうか。そして、そこを説明しないと、みなさんに「大江を読め」と自信を持って勧めることはできないようにも思います。

今回取り上げる『美しいアナベル・リイ』は、短篇というほど短くはない作品ですが、まるで短篇小説のような風情があります。八〇年代あたりから大江の作品に増えてきた連作短篇（『「雨の木《レイン・ツリー》」を聴く女たち』『河馬に噛まれる』『いかに木を殺すか』など）と通ずるような、限られた数の登場人物が、狭い枠組みの中でからみあうという設定が特色です。大江作品の「何となく頭に入らない」という印象を受けとめるための考えるヒントを得るには、このように短篇風の小さく密集した世界を描き出した作品を題材とするのがちょうどよさそうに思います。

目の秘密

『アナベル・リイ』は映画作りの話です。しかし、それは表向きのこと。ほんとうの動機を生むのはもっと別のこだわりです。こだわりの起点となるのは、主人公が高校生の頃に四国の文化センターで観たという映画でした。ポーの詩「アナベル・リー」を映像化したとされるこの作品には、「白い寛衣《かんい》」の少女が登場します。ナボコフの『ロリータ』とも重なってくるイメージです。映画の終わり近く、この少女がお堀端の水際の狭い芝生に横たわっている情景を語り手は記憶しているのですが、実はほんとうのラストシーンは知りません。上映の便宜をはかってくれたピーターというＧＩが、君にはまだ早い、と言ってラストシーンにさしかかったときに彼を外に連れ出してしまったのです。いったいそれはどんな場面だったのでしょう。

この隠されたシーンを、時をへて、今やすっかり年を重ねた映画の主人公サクラさんとともに語り手が観る、というのがこの小説のひとつの山場です。映し出されるのは、ある醜悪な場面です。しかし、それは傷を抱えて生きてきたサクラさんにとっての、治療となるはずのものでもありました。

こうした筋書きからもわかるように、この小説で葛藤の中心となるのは、目に焼きついた記憶との格闘です。主人公が少年時代に四国で観た映像、サクラさんが幼年時代に体験したおぞましい何か、四国での芝居の上演、ハンスト、木守との出逢い……。小説の流れをつくるのは、まるでスライドショーのように流れる過去の記憶の数々です。作品冒頭、不意にかつての友人木守に声をかけられた主人公は、冥界めぐりのように死んだはずの過去の出来事と出逢っていきます。そうした懐かしい記憶の再現が、引用される劇中劇とも相まって、幾重にも入れ子になったような作品世界を作っていきます。

ただ、今「目」に焼きついたと言いましたが、この比喩は正確ではありません。たしかに焦点があてられるのは映像なのですが、もっとも大事な映像シーンの描写は、いったいどれだけほんとうに「映像的」でしょう。


画面から、それより大きかったスチール写真が剝ぎとられる。思いがけなく、懐かしさに満ちた風景が現われる。それは十七歳の自分が見た映画の場面であり、私自身実際にその土の上に立った場所だ。アメリカ文化センターの建てられたもと練兵場を囲む、堀の内側をめぐる細道。向こうに白いものが見える。カメラは、風景のなかを白いものに向かって行く。わずかな草の生えた道の中央に、その奥を頭に、さらにさらに懐かしい姿のものが横たわっている。白い寛衣が白いのではない、小さな裸が白いものだ。

痩《や》せた下腹部から腿《もも》が、スクリーンいっぱいにクローズアップされる。それはスカートをはいていないが、記憶にあるとおり右足を外へ曲げて、股間に黒い点をさらしている。そして黒い点は、穴そのものとなる。そこに太い拇指《おやゆび》がこじいれられる。指につながる手、手の甲につながる腕は、それ自体が剛毛を生やし厚手の外套をまとっている。カメラの角度が変る。外套が樹木の切株のようにズングリしたものに（人が前に屈《かが》むかたちのものに）かぶせられている。全裸の少女の股間をいじっていた兵隊が外套を脱いだのか？　ともかくその外套の背には、さきの銅像の翼が描かれて

いる……（二一〇）
たしかにカメラの目が「白」を追っていくさまは丁寧に順を追って描き出されています。その次の段落では、クローズアップしたカメラと歩調を合わせるように、語りの視線が微視的にもなる。足の角度、穴、指、ズングリしたもの、銅像の翼、と注目点に目を引きつけるやり方のおかげで、まるで静止画像の連続のように場面は描出されて、映像らしさが際だっているとも言えるかもしれません。
しかし、こうした箇所で印象的なのは、何より語りの声の強さではないかとも思うのです。音を消した映写のように、画面の動きだけを追っているかと見える設定なのに、それを伝える語りの声が強烈すぎて、視覚に神経を集中させたという印象がほとんどないのです。むしろ静かな映像を前にしながら語り手が熱弁をふるわずにはいられない、その動きや、騒々しさ、気持ちの昂ぶりなどの方が前面に出ている。傍線を引いた箇所なども、ひときわ視覚的であるはずなのに、かえって弁舌の勢いが増して感じられないでしょうか。「それはスカートをはいていないが、記憶にあるとおり右足を外へ曲げて、股間に黒い点をさらしている。そして黒い点は、穴そのものとなる。そこに太い拇指《おやゆび》がこじいれられる。指につながる手、手の甲につながる腕は、それ自体が剛毛を生やし厚手の外套をまとっている。カメラの角度が変る。外套が樹木の切株のようにズングリしたものに（人が前に屈《かが》むかたちのものに）かぶせられている」。語尾の連鎖の勢いや、「そこに」に「それ」といった指示語の使い方、「こじいれられる」とか「ズングリしたもの」といった力みをはらんだ語などが、ある種の雰囲気をつくっています。突進するような、前のめりの語り手が浮かんでくるのです。映像というよりは、どこか実況中継的。「目」で語るはずなのに、「声」で語っている、画像に同化しきることなく、むしろどんどんずれていく、そんな様子が伝わってくる一節なのです。

耳元で囁く

このずれは、まちがいなく大江の読みにくさの原因のひとつです。『アナベル・リイ』では、いくつかの記憶の連鎖をへて「アナベル・リイ」映像のラストシーンの秘密が明らかにされます。それがプロットの大きな柱ともなるのですが、その一方で、秘密をうやうやしく仰ぎ見るような、秘密に向けた焦点化というものはなかなか起きてきません。つねに動き、つねにずれ、つねに雑音がはいってくるような文章だから、「こだわり」について書くのだと宣言しながら、なかなかその「こだわり」の正確な在処を示してはくれない。読む方は、どこをどう追跡することでミステリーを読み取るべきかわからない。読みにくさを、隠された難解なる一点としてターゲット化することができないのです。

しかし、この『アナベル・リイ』という作品が何より典型的なのですが、大江健三郎という人は、実ははなから静止した秘密などには興味がないのではないかと私は疑っています。真実とか真理という言い方をするとき、どこかで人は揺るがぬ不動の定点のようなものを想定しています。真理という言葉を使った途端に、私たちの脳裏には、動かぬ石のようなイメージが浮かんでいる。真理とは、そういう意味で、きわめて静止的なものです。

『万延元年のフットボール』をはじめ大江の作品は、かならずといっていいほど過去の秘密やこだわりに動機づけられているとも言えるのですが、作品が揺るがぬ不動の定点に向かって進んでいくということはまずありません。むしろぐにゃぐにゃと寄り道を重ね、実際に到達点にたどりついたかと思ったときには、実は到達点を通り過ぎてしまっていたのかもしれないというような、静止点を出し抜くことがむしろ目的だったかと思わせる展開なのです。

「こだわり」を書いているはずなのに、その「こだわり」が静止せずに、どんどん動き、移動し、変化してしまう。それじゃ、大江の小説ではほんとうに大切なことはどう語られるのか、それをはっきりさせないと読みたくても読めないじゃないか、という文句がみなさんから聞こえてきそうです。八〇年代には思想の分野でも、いかに真理を相対化するかが流行となったりもしました。でも「大切なものなんて――真理なんて――ありやしません」というような答えが通用する作家でも、大江はないようです。

それに対する答えを導くヒントとなりそうな一節が『アナベル・リイ』にはあります。次の箇所を見てください。


私は若い時から、出版の意図があるのではないが、エリオットやオーデンの詩句をひとり翻訳してみてきた。まず、逐語訳することを心がける（当然、原詩より長くなる）。それを短くする。自分の散文のスタイルとは別だが、意識して、できるかぎり口語的にする。そのうち、自分のなかから出てくるのではない、新しい響きの声が聞こえてくることがある。私は少しずつではあるが、自分の文体の作り直しをみちびかれた。あれに似ている……
（一四九）

語り手がちょっと小説の世界から身を退いて、自分の作業を振り返るような一節です。そう言われてみるとたしかに、大江の小説では「新しい響きの声」を聞こうとする姿勢に出くわします。それも遠くから雷のように降ってきたり、赤の他人によって突きつけられたりするのではない、そうではなくて自分の口を通して、しかし、自分の声ではない「新しい響きの声」が出てくる、という感覚です。その最適な例が『アナベル・リイ』の冒頭部にもあります。


——What! Are *you* here?

英国風に発音する日本人の英語で、そういって肩を寄せる相手を見直すと、思いがけない人物だった。それでいてしかも、ついこの間、私ら親子が、人前で困った情況にあるところを見守る群集のなかにこの男がいた、確かめる暇はなく、そのままになったが、と思い当たった。あれは幻影を見たのだったかという気がするほど、きわめて様変りしていながら特殊な感じに昔通りだった、と思い出しもしていた。

——なんだ、君はこんなところにいるのか、……ということかい？

——その通りの言葉を返すだろうと思ってね、仕掛けてみた。

——相変わらずだね、様ざまな意味でさ。何年ぶりだろう？

——三十年ぶりだ、と眉《まゆ》の間の白皙《はくせき》の皮膚に皺《しわ》を寄せていって（それも昔通り）黙り込むと、こちらを測るようにしていた。

（一二～一三）

三十年ぶりに逢ったという大学時代の友人木守が、まるで耳元で囁くように語りかけてくる様が実に印象的です。思わず「ああ、これが大江の世界だ！」と膝を叩きたくなる。でも、この会話、よく考えてみるとどうでしょう。この声の近さ、人物同士がひしめいているような、違和感と馴染み合いとの混交、何となく変ではないでしょうか。木守の声は旧知のはず。でも、半分知っているのに、半分は知らない。そんな声が、いきなり間近から、じかに耳奥に語りかけてくる、というシーンなのです。

言葉や人の密集感

ここで確認しなければいけないのは、大江の作品では人物の描き分けなど、たいした問題ではないということなのです。問題はいかに声を響かせるか、ということなのです。自分自身の新しい声を。『アナベル・リイ』の主人公の言う、翻訳を通して自分の声が「新しい響き」を持つという感覚は、人物たちのなれなれしい分身じみた語り口と表裏になっているようです。大江の人物たちは、まるで語り手自身の声が新しい響きを持ってしまったかのようにして登場してくるのです。語り手はそのことに驚きつつも、何しろ半分は自分の声なのだから、その声が耳の奥にまで達することを受け入れる。大江の大江らしさを表現するのは、こうして声がじかに奥に達するその至近性だと言えるでしょう。ほんとうの希望は、動かない秘密の点への到達などよりも、思いがけず間近から響いてくる声にはっとすること、耳元のその声をとらえることにある。

映画「アナベル・リイ」では、ポーの原詩が背景に流れてもいます。しかし、語り手が思い浮かべるのは日夏耿之介《ひなつこうのすけ》の文語調の訳文です。
さなり、さればとよ(わたつみの
みさきのさとにひとぞしる)
油雲風を孕みアナベル・リイ
さうけ立《だ》ちつ身まかりつ。
原詩を仰ぎ見るための翻訳ではなく、新しい声を生み出すための翻訳なのです。だから、日夏の訳が比較的素朴な英語で書かれた原詩からかなりはずれていたとしても問題はない。いや、むしろずれることでこそ、新しい声を響かせるのだというわけです。
こう考えてくると、静止画像であるはずの記憶の中の「こだわり」を、決して静止画像としては語れない大江の語り手の読みにくさの意味がわかってくるように思えます。大江の読みにくさの根本にあるのは、距離の圧縮されたような、言葉や人の密集感なのです。異なり対立するはずのものがつながり、重なる。小説世界の遠近法はゆがみ、遠くに隠れているはずの秘密が、唐突に、すぐそこに出現したりする。
しかし、そういう透視画法的な遠近法のゆがんだ世界は、新しい声を響かせるにはもってこいの世界でもあります。世界は空間的な奥行きとともに、目の前に整然と広がっているのではなくて、突然後ろから耳元に囁いてくるかもしれないような、意外なほどの間近さと、直接性をもって語り手に迫ってくるのです。世界と語り手の間には、つねに、そういうただならぬ緊張感がはりめぐらされている。しかし、何しろ近いのです。それは緊張感であるとともに、親しさや懐かしさともつながる。それを「愛」と呼んでもいいかもしれません（大江の小説を読んでいると、何となく、世界と仲がよいなあ、という印象を持ちます）。

　大江にとっての真実は、定点としてそれと指差されるようなものではなくて、いつどこから語りかけてくるかわからないような不意打ちの訪れとしてとらえられています。その不意の攻勢に、思わず心を刺し貫かれる、そういう準備をいつもしながら自分自身の声の転調を待つのが大江の語り手なのではないでしょうか。大江を読むためには、だから、読者もそんな態勢になじんでいく必要があります。いつ耳元から声が聞こえてきてもいいような読み方を実践しなくてはならないのです。

　大江がしばしば引用する英詩の世界には、古典詩から受け継がれてきた「絵画詩」（エクフラーシス）という様式があります。この様式では、絵画やその他の造形美術を前にして語り手が思いを語るという設定がとられるのですが、映像作品を基点にして語られる『アナベル・リイ』のような作品も、そうした様式を連想させるでしょう。果たして絵画詩でも、実際には対象となる作品をきっちりと語り伝えることよりも、語り手がそこから脱線して自分を語ることが主な目的となることが多いのです。沈黙し静止する作品と対峙すると、右往左往する語りの過剰さの方が際立ってしまうようです。勘所はずれることにこそある。

　こんなふうに大江の作品について考えてきてあらためて思うのは、どうも声というのは、沈黙する不動の真実には敗北する運命にあるのではないかということです。声は時間とともに流れ、消えていくものです。しかし、たとえば絵画詩を語る詩人には、詩を語るということがそういう敗北にまみれてなお生きることだという了解があるようにも思えます。大江にとっての「絵画」は、外国語の詩であったり、こだわりであったり、記憶であったり、あるいは映像であったりするのかもしれませんが、ひたすらそういうものからずれることで、自分の声に宿る生命を再生させつづけるという意味では、大江もまた紛れもなき詩人なのかもしれません。

『美しいアナベル・リイ』 二〇〇七年、「新潮」六月号から十月号に『臈たしアナベル・リイ 総毛立ちつ身まかりつ』との題名で連載。同年新潮社より単行本刊行。後の文庫化に際し、『美しいアナベル・リイ』と改題。引用は新潮文庫版『美しいアナベル・リイ』（二〇一〇年）よりとった。

大江健三郎（おおえ けんざぶろう、一九三五年～） 大学在学中に「飼育」で芥川賞を受賞し、以降、積極的に政治問題ともかかわりながら作家活動をつづける。知的障害を持った長男の存在が中期以降の作品では大きなテーマとなってきた。日本人としては二人目のノーベル文学賞を受賞。作品には『死者の奢り』『芽むしり仔撃ち』『個人的な体験』『万延元年のフットボール』『ピンチランナー調書』『同時代ゲーム』『「雨の木《レイン・ツリー》」を聴く女たち』『いかに木を殺すか』『人生の親戚』『宙返り』『水死』など。

第10章 古井由吉「妻隠」

――頭は使わないほうがいいのでしょうか?

「頭を使う」の先

第2章で夏目漱石を扱った際に私は、評判を気にしてはいけないと言いました。古典とか名作とかいう触れこみを鵜呑みにすると、つい、読む前から作品をわかったような気になってしまう。そのためにきちんと作品の文章を読まなくなる危険がある。

でも、ときには文学をめぐるあれこれの〝噂〟に耳をすませてみるのもおもしろいものです。そうすると、文学の〝噂〟に一定の文法のようなものがあるのに気がつくでしょう。作品を褒めるときにも貶すときにも、決め台詞のようなものがあるのです。とくに文学賞の選評などでよく耳にするのは、「手先で書いている」とか「頭で書いている」といったコメントです。これはどういう意味でしょう。真剣さが足りないということでしょうか。情念の激しさがないということでしょうか。小説というのは複雑な言葉の織物なわけですから頭を使うのは当然のようにも思えるのですが、どうも「頭で書いた」と見える小説は分が悪いようです。

しかし、中には堂々と頭を使っている小説もあります。書き手の知性を遺憾なく見せつけている。といっても、それが「頭で書く」ことを最終目標としているわけではありません。むしろ「頭を使う」ことが、そのさらに先、つまり「頭」では到底およびもつかない領域に到達するためのステップとなっているのです。

この章では古井由吉の「妻隠」を読みながら、小説の文章における「頭の使い方」の問題について考えてみたいと思います。よく知られているように古井由吉は「杳子」という作品で芥川賞を受賞（一九七〇年）し文壇デビューを飾りましたが、そのときの芥川賞選考会議ではもう一篇の作品が最終選考に残っていました。その一篇とは、同じく古井氏による「妻隠」だったのです。同一の著者の作品がふたつ最終選考に残り、どちらを芥川賞にしようかという話し合いになったわけです。

結局賞をもらったのは「杳子」の方でしたが、落選（？）した「妻隠」の方もなかなかの小説です。「杳子」が精神を病んだ女性とそれを見つめる語り手というたいへんすっきりした構図で書かれているのに対し、「妻隠」の方は、同じく男女の関係を中心にすえつつも、脇役の人物たちにもう少し大きな役割を与えているのが特徴です。主人公寿夫は長年付き合った礼子と結婚し、郊外のアパートに新居をかまえていますが、そのふたりの生活にちょっとした闖入者が現れるのです。ひとりはお説教好きの老婆。もうひとりは、東北の田舎から出てきて建設現場で働くヒロシという青年です。まだ若いヒロシの方は作業員仲間の中ではみそっかすのような存在で、からかわれたり虐められたりということがつづいているようです。老婆にしてもヒロシにしても社会の外れに位置する存在なのですが、このふたりが主人公寿夫の発熱というちょっとした事件をきっかけに、閉じていた夫婦の生活にからんでくる。そうすると妻礼子の今まで露わでなかった部分が急に見えてくる、という展開になっています。タイトルからして今で言う「引きこもり」を連想させますし、この作家が「内向の世代」というカテゴリーに入れられることが多いのも（カテゴリーの当否はともかく）、このような閉じた空間を好んで描くことがその理由のひとつにあるのでしょう。夫婦の狭い世界の持つ濃厚なエロティシズムのようなものを、外からの目を借りてあらためて立ちのぼらせる手腕は、古井由吉ならではのものです。

最初の文の秘密

では、具体的に見ていきましょう。この作品の特徴は出だしの文にはっきり表れています。この一文を時間をかけて読んでみましょう。

アパートの裏手の林の、夏草の繁みを掻《か》き分けて老婆は出てきた。（一四八）

どうでしょう。何かお気づきでしょうか。さすが最初の段落が一文だけで構成されるだけあって、とても存在感のある文です。何より目につくのは「の」という助詞の連続です。全部で四つの「の」が連なっているのですが、あまりにたくさんあるので、三つめの「の」のあとには読点が打ってあります。

こんなふうに「の」をたくさん連ねるのは、ふつうの文章であればちょっとためらわれるはずです。というのも、このように名詞と名詞との関係性を表す助詞をいくつも連ねると、どれとどれがむすびついているかが判然としなくなってくるからです。「アパートの裏手」までは問題ありませんが、「アパートの裏手の林」となると、意味としては「アパートの裏手にある林」なんだろうなとはわかっても、何となく「アパート」と「裏手」と「林」とが平等につながって眼が迷ってしまう。語のつながりが単調になって、背後にある文構造がやや不明瞭になります。ましてやその後にさらにもうひとつ「の」があって「アパートの裏手の林の、夏草の繁み」となると、わかりにくさは深まります。そのあたりを見越して読点が打たれているわけですが、それにしても、それなら「アパートの裏手にある林」としたりすればいいものを、わざわざ「の」ばかりを連ねている。

なぜこんなことをするのでしょう。

ここで考えてみたいのは、「の」の連続によるわかりにくさがいったいどんな効果を持つのかということです。わかりにくさにもいろいろあるわけですが、「の」ならではのわかりにくさはどの辺にあるのか。

まず第一のポイントとしてあげられるのは、視点の中心が不明瞭になるということです。「アパートの裏手にある林」であれば、「林」が中心にあり、それにつづいて「アパート」、そして「裏手」がつづくという重要さのヒエラルキーが見えてきます。ところが「アパートの裏手の林」とあると、もちろん上と同じようなヒエラルキーを私たちは読み取るわけですが、それでも、幾分そのヒエラルキーがぼうっと霞んで見える。これにさらに「……林の、夏草の繁み」と続くとなると、この文構造の不明瞭さはさらに増します。あるいは別の言い方をすると、語りの行方が不明というのでしょうか、小さな迷走感が生まれている。

これと連動して第二にあげられるのは、「の」の連続のためになかなか〝本題〟が出てこないということです。この文の主語は後半に出てくる「老婆は」ですが、そこに辿りつくまでに余計なものがたくさん連なっている。「の」はあくまで関係を表すもので、文を文として立ち上げるような助詞ではありません。名詞と名詞の修飾関係をねちねちと説明するだけ。それがこのように平坦に連なっていると、いかにも「まだまだ〝本題〟には辿りつきません」という遅延の感覚が強調されます。しかもその遅延は期待感を募らせるようなサスペンスとして提示されているわけではなく、いつ果てるとも知れない平坦で準備的な連続として、むしろだらだらと私たちの視線を先送りにするのです。そこには〝まだ重要ではない〟というサインが読めるでしょう。

このようなポイントをあげていくと、何となく「の」の連続の意味が見えてくるような気がします。そもそもこの文の役割は何でしょう。言うまでもなく物語を始めることです。でも、単に始めればいいというものでもない。いかにもこの物語が始まるように、、、、、、、始めたいのです。この物語にこそふさわしい出だしが欲しい。

まだ何も始まってもいないのに、ふさわしいも何もないだろうと思うかもしれませんが、そんなことはありません。物語はすでにそこにあるのです。あるいはすでにそこにあって、こちらを待ちかまえていると幻想させるのがよい出だしなのです。そのためには最初の文からして、物語の行く末をぼんやり予感させるのが理想です。

「妻隠」の場合、これを先にあげたような「の」の連続の効果によって実にうまく導き出しているのです。まず、「の」の連続によってヒエラルキーが不明瞭になるおかげで、ここに描かれている「林」や「夏草」のイメージがぐんと生きてきます。夏草の鬱蒼と繁る、その混沌とした生命力。とくに小振りの草が大きな木を覆い隠してしまうような、力関係の攪乱を思わせるような繁茂は、まさに夏ならではの開放的な生命力を表現するでしょう。それは単一の頂点があるような秩序だった盛り上がりではなく、何が上で何が下なのかもわからないような、中心不在の繁栄なのです。

しかも「アパートの裏手」というぐらいだから、表だったものではない。むしろ暗がりを想像させます。旺盛な生命が、目につかない暗い場所で、これでもかと生い茂っている。生命の匂いがするわりに、暗い、わからない、見えない、という神秘もそこにはある。そしてだらだらと遅延される修飾関係の中で、主の不在が印象づけられる。

ところが主人公がいないと思っていたら、そのただ中から、いきなり出てくる者がある。なんと老婆なのです。生命の繁茂する中から老婆が出てくるとは、なかなかひねりの効いた図です。老婆といえばたいていは脇役です。繁茂する神秘の中心から出てくるのなら、生命力に満ちた若い力でありそうなもの。ところが、若くもないし、主人公的でもない老いた女性がぬっと現れた。

でも、これがまさに「妻隠」の世界なのです。混沌とした生命の力は、男と女の力関係とか、どちらが上でどちらが下といったヒエラルキーを覆しますし、さらには誰が味方で誰が敵とか、もっというと、どこまでが自分でどこからが他人といった境界をも破っていきます。非人称的な生命がすぐ背後に迫っているという感覚があるのです。それを統べる祭司のような存在として老婆が出てきた。

みなさんが実際にこの小説を読んでいくと、混沌とした不明さの中から何かがぬっと姿を現すという状況があちこちで描かれているのに気づくでしょう。もちろん私はすでに小説を最後まで読んでいるのでやや先回り気味にこの後の展開をこの第一文に読み込んだわけですが、たとえ第一文だけしか読んでいないとしても、あるいはむしろ第一文しか読んでいないからこそ、今述べたような「期待の輪郭」が立ち上がってくる感じはおわかりになるのではないでしょうか。

「頭」が裏切る

では、第一文にこめられていたこのような特徴は、どのように「頭の使い方」と関係してくるのでしょう。語りの構成という点から第一文を見直してみると、ひとつ気がつくのは、そこに「文が終わりにくるまで、意味は決定されない」という予感が埋め込まれているということです。私たちはこの行き先不明の文を読むとき、いつ〝動き〟が発生するかわからないという思いを抱くよう方向づけられる。語りを展開させるにはいろいろな方法があるわけですが、ここでは文という非常に小さい単位の中にそのような展開のパターンが仕組まれていると言えます。

このことは、その先を読み進めていくとよりはっきりしてきます。「妻隠」では、この一文の後、しばし老婆と寿夫との会話の場面が続きます。老婆から悪い女には気をつけろとか、魔物がいるぞといったことを忠告され、自分のように三十近い妻帯者にそんなことを言ってもしょうがないのに、とやや自嘲気味になる主人公の意識が描かれるのですが、そんな描写の中でこの「文が終わりにくるまで、意味は決定されない」という気分を助長するような展開が何度も出てきます。たとえば以下のように。

①
内股《うちまた》の歩みで近づいてくる老婆の、腰のあたりにまだなんとなく漂う女臭さが、彼の不快感を静かに掻き立てつづけた。（一四九）

②
「ヒロシ君、家にいる」

年寄りのくせに、どこで習い覚えてきたのか、若い仲間どうしのような、馴々しい物の言い方である。

「さあね、この家のもんじゃないから……」

素気なく答えたつもりで、寿夫の口調も思わず相手の馴々しさに染まっていた。（一四九〜一五〇）

③
「この家のもんじゃないって、言ったでしょう」

と突っ撥ねたものの、いったん付いてしまった馴々しさを剝ぎ取ることができず、かえってそれらしい口調になってしまった。（一五二）

右の三つの引用箇所で傍線を引いた部分に共通するのは、いずれも文の前半で提示された〝意味の方向〟のようなものを裏切ることで文が終わり、意味が落着するということです。①であれば、老婆に思いがけず女臭さがあるというのだから、それが色気だの魅力だのという話につながりそうなところ、むしろ「彼の不快感を静かに掻き立てつづけた」という。②では素気なく答えて冷たくすれば相手に肘鉄砲を食わせられると思ったら、「思わず相手の馴々しさに染まっていた」とある。③のところでも、突っ撥ねてガードをかためようとしたら、「かえってそれらしい口調になってしまった」となっています。

つまり、これらの箇所に共通してあるのは、③の「かえって」という言葉に象徴されるように、物事が予想外の方向に展開するような感覚なのです。まさか、という方向へとばかり自分が進んでいってしまう。冒頭の一文も含め、いずれも〝方向感の意外性〟とともに文が終わるために、「文が終わりにくるまで、意味は決定されない」という予感が前面に押し出されることになります。

これが何を意味するかというと、文が始まって終わるまでの間に、意識にひねりが生まれるということなのです。太宰を扱った第1章で、「文とは集中力のひと呼吸だ」というようなことを私は言いましたが、そこではひとつの文がひとつの〝呼吸〟によって語られるという前提がありました。もちろん読む人や書く人が実際にいくつ呼吸をしているかということではなく、語りの中の象徴的な〝呼吸〟がいくつ行われていると思えるかということです。

この「いくつ行われているように見えるか」ということで言うと、古井の文はその途中でひねりを加えることでわざわざ、ひとつの呼吸では文を語らないと見せているように思えます。あるいはそれを、ひとつの意識では語らない、と言い換えてもいい。これはどういうことなのか。なかなか微妙な問題なのですが、こんなふうにひとつの文にひとつ以上の呼吸や意識があると、文の統一性が揺らぐのではないかと思うのです。異物感が生ずる。〝そうではない要素〟があるような気がする。そしてこのことで、文＝呼吸＝集中力といった等号関係によってつくられる、語りの身体的な一体感のようなものが揺さぶられるのではないか。
では揺すぶっておいてどうするのでしょう。そこで「頭」が登場するわけです。巧妙に身体の裂け目をこしらえたのは、そこにいかにも頭が先行したと見えるような文の展開を用意するためなのです。

身体の停止

ここであらためてこの小説のストーリー展開を確認しておきましょう。冒頭部で妙な老婆が現れ、寿夫の素性を勘違いしたままいろいろと忠告をしてくる。老婆はどうやら寿夫が若さにまかせた放蕩をつづけているように思い込んでいるらしいのです。だから次のような説教をたれる。

「あんたたちだって、いつまでもそんな浮ついた暮しをしてられるわけじゃないでしょうが。じきに飽きが来るわよ。もう来てるのよ。だからこそ、あんなすさんだお酒の呑みかたするんだわよ。自分の心の奥をじいっと見つめてごらん。ああ、誰かにすがりつきたいって願ってるのが自分でもわかるから。それを勘違いして、悪い女に狂ったりしてさ」　（一五九）

寿夫にしてみると、まったく身に覚えのない批判です。まさに妄想。ところが、老婆の話を聞いているうちに、寿夫はありもしないこの妄想に引きずりこまれてしまいそうになるのです。

言葉が跡切《とぎ》れた瞬間、彼は物足らなさを覚えた。ほのかな甘えが、手をひっこめられて宙をつかんだ。これは何者かというように、老婆は彼を眺めている。寿夫は自分の家の前でまるで自分のほうが闖入者《ちんにゅう》みたいに見つめられながら、ただ老婆を怒らせたくない、騙《だま》していたと思われたくないという気持ちから固くなった。（一六〇）

これまた〝ひねり〟の効いた心理です。押しつけがましい老婆の勝手なお説教を聞いているうちに、もっと言って欲しい、とでもいうような気分が生まれている。そして、老婆の勘違いが正されてしまわないで欲しいとさえ思ってしまう。

この感覚は寿夫にとっては、ひとときの気まぐれではありません。むしろ、作品全体を通して見られる世界のあり方でさえある。少し抽象的な言い方をすると、「本来的でないものが、本来的なものを押しのけてしまう」というような、異物が本体を駆逐するような感覚が作品を覆っているのです。この短篇の世界は、妙な闖入者がいつの間に正当な居住者を押しのけて中心に座ってしまうということがいつ起きてもおかしくない世界なのです。

そういう世界を描くのに、先ほど指摘したような文のパタンがなかなか都合がいいわけです。一文が必ずしも一文としてきれいに収まらず、その途中で気が変わったり、意味の方向が向け変えられたりすると、文そのもののレベルで〝異物〟の出現を表すことができます。そうすると、もっと大きな語りのレベルで途中から「あれあれ？」というような意外な方向がとられたとしても、私たちにその意外性を受け入れるための準備ができている。

ここで大事なのは、この〝異物〟が身体を裏切るものとして現れるということです。たとえば、寿夫の生身の身体は三十近い妻帯者として物理的にそこにある。ところが老婆の妄想は若い放埒な男の像をそこに重ねている。寿夫の身体は老婆のいわば幻想によって作り替えられているわけですが、そこではっきりするのが身体が頭によって転覆されるという構図です。

文のレベルでも、同じようにこの身体と頭という対立の図式が見られます。とくに寿夫と礼子が長い付き合いを経ていよいよ正式に結婚するというときの経過を描く箇所では、頭による身体の転覆が目立って見えます。


男女の隠《こも》っているにおいをはらんで、カーテンが窓の外にむかって苦しそうにふくらむように見えた。このにおいの中でやはりこんな風に横たわって、別れ話をする口調で、結婚生活を始める相談をしたことがある。（一八九〜一九〇）

傍線を引いた箇所に注目してください。まさに先にあげたような〝逆転〟が起こり、思わずはっとするような表現となっているのですが、このように短いスペースで急に意味の方向が向け変えられると、私たちは今まで文を読んできた流れをいったん中断せざるをえません。音によって形成された、呼吸に基づく文の身体感覚がここで宙づりにされるわけです。そして、意味が正反対の方向に反転する刹那を、身体を停止させた論理だけの出来事として体験する。そこでは実際に物理的な時間は経過してはいるのですが、私たちはそれがまるで頭の中だけで起きた、頭を使うことでしか到達することができないような境地であると感じるのです。

ということは逆に言うと、ここでの反転の役割は「身体性を停止させた」という印象を与えることにあるのかもしれません。文の流れを急ブレーキによってとどめると、束の間、私たちは文の音とか形とか物質性といったものから自由になれる。あるいは自由になったような気になる。現代詩の作り手たちはしばしば、言葉の身体性を回復する、といったモットーをとなえてきましたが、私たちはむしろ言葉の身体性にとらわれてもいるのではないでしょうか。知らず知らずのうちに、言葉のノリのようなものに突き動かされている。

これに対し、「別れ話をする口調で、結婚生活を始める相談をしたことがある」というような一節では、身体性を瞬間的に殺すことによる、認識の先走りが見られます。私たちは言葉に眼を走らせるのに必要以上の時間を使ってそのひねりの効いた迂回的な認識を追いかけ、遅れて内容を受け取らざるをえない。ふたりにとって「結婚」とは、何かの始まりであるよりも、何かの終わりである、そのことを「別れ話をする口調」と言っているわけですが、この内容を「あ、そういうことか」と受け取るまでには、唐突な逆転による目くらましゆえ、ひとときの時間が経過しているはずです。そのような時間経過と引き替えに、私たちは時間と分かちがたく結びついた言葉の身体的な部分から離脱し、身体を喪失した実に身軽な言葉の境地に至る。一種の〝純粋認識〟の世界です。身体性から離れた認識などというものはフィクションにすぎないのですが、まるでそんな〝純粋認識〟があるかのように感じてしまう。言葉の急ブレーキによって演出された、束の間の魔術とも言えます。究極の嘘の世界です。

「妻」が裏切る

しかし、話はここでは終わりません。考えてみると、このような文レベルの身体と頭との葛藤は、大きな物語のレベルでも確認できるのです。結婚前から同棲していた寿夫と礼子とは、すでに歴とした〝身体の関係〟を築いていた。ということはこのふたりにとって結婚とは、すでにある〝身体の関係〟を、正式な夫婦という〝頭の関係〟に従属させることを意味するわけです。精神的な引き寄せ合いをへて肉体関係に至るという従来の恋愛モデルとは逆に、肉体関係から〝頭の関係〟に落着するその居心地の悪さみたいなものが、そういうわけで、かなり詳細に描き込まれています。

二人はあらためて夫婦として一緒に暮す相談をしていた。未練などというものではない。そんなやさしい余情さえ、とうに絞り取られていた。ただ、お互い馴染みすぎた者どうしの濃い羞恥が残って、このまま別れてしまうと自分の片割れが、恥かしい片割れが自分から離れて一人で歩いていくのを、どこまでも想像で追ってうなされそうな、そんな不安に苦しめられていた。（一九〇）

ここでいう「不安」とはまさに頭の先走りに他なりません。自分と相手とがあまりに一体化しているために、別れても別れられない。物理的に別れても、頭の中でつながってしまう。だから、こんな詭弁みたいな「羞恥」が生ずるわけです。

しかし、この詭弁を詭弁とは感じさせない、むしろむっと匂い立つような生々しさの中に描き出してしまうところが古井のすごいところです。いつの間に、まるで頭の先走りこそが現実であると感じさせる。そんなことが可能なのはどうしてかというと、身体を置き忘れたような頭の世界の妄想めいた突出が、一周してまた身体の世界に戻ってくる瞬間があるからです。

老婆との出遭いの後、寿夫が熱で倒れたときのことがかなりのスペースを費やして語られます。その中でとりわけ精彩を放っているのが、会社を早退した夫が部屋で眠っている場面を回顧する妻礼子の台詞です。夫が寝ていることも知らずに買い物から帰った礼子は、アパートの外でヒロシが変な顔をして自分の方を見ているのを気持ち悪く感じる。そして部屋に辿りついてみると、ドアには鍵がかかっていない。変な大きい靴が脱ぎ捨てられている。礼子は、なぜか夫が戻っているというふうには思わず、部屋で寝ているのが見も知らない酔っぱらいであると勘違いしてしまう。それならなんで一一〇番しないいんだよ、と夫に言われたときの、礼子の台詞がふるっています。

「そう思ったら、なんですぐに一一〇番しに走っていかなかったんだよ」

何度も聞かされた話なのに、聞いているうちに寿夫は妻の身が心配になって、思わず口をさしはさんでしまった。

「それが……」と礼子はとたんにぼんやりした顔つきになって言った。「なんて言ったらいいのかしら。あたしたちの蒲団の真白なシーツに、見も知らない男の人が顔を埋めて寝ていると思ったら、なんだか人に言えないような気がして……」

寿夫は唖然《あぜん》として口をつぐんだ。　（一七九）

とくに「なんだか人に言えないような気がして」というところ、明らかに頭が先走っています。その先走りに、遅れて私たちは追いつく。そこから読み取れるのは、まずは夫を見知らぬ人と思いこむ礼子の身体感覚の欠如でしょう。自分のいる場所の場所性のようなものが実感できていない。だからこそ、論理が勝手に先走りして妙な妄想に辿りつく。それからさらに、礼子の〝認識〟はそういうふうに見知らぬ男を妄想してしまった自分の無意識を読み取り、それゆえに「人に言えない」と思うわけです。その妄想は、おそらく夫でない男との性関係を示唆しており、ふたりきりの聖域を汚す淫らな夢想でもあるのです。ところが、その妄想や夢想の発端になっているのが、ほかならぬ夫であるというところが実ににくい。夫という身体的な現実が見知らぬ男という妄想によって置き換えられた上で、その見知らぬ男が実際には夫であるという論理の回帰があるのです。

妻のこのような〝裏切り〟とまるで辻褄を合わせるように、寿夫も似たような頭の先走りを体験します。夫の看病に疲れて昼間から眠りこけている礼子を寿夫が見つめる場面です。

窓を明けはなしておいても、おもてから家の内が見えない時刻である。昔のつま隠《ごみ》の男女なら終日《ひねもす》閉ざしていた戸を明けて縁に出て、爽やかに暮れていく空を眺めあい、夕風の渡る野を歩いて、また夜の来るのを待つというところだろうが、妻の礼子はこの一週間の疲れのせいか、それとも気の抜けてしまったせいか、夕飯の支度にかかる時刻も忘れて眠りこけている。無心に眠っている姿を見ていると、日頃見なれた表情がすうっと消えて、まるで見も知らない女がいつのまにか部屋の中に入りこんで寝ているように見えてくる瞬間があった。（一九五）
自ずとこの作品のタイトルの意味や物語全体の輪郭が浮かび上がってくるような一節です。男女の濃密な引きこもりを示唆する「つま隠」。しかし、頭の先走りの作用で、その閉塞的な空間にぬっと〝異物〟が闖入してくる刹那があるのです。そもそもの闖入者は妄想めいたおかしな説教をたれる老婆。それから、礼子の中に母性と大人の女のエロスとをともに見てしまったらしき少年ヒロシ。しかし、物語が展開するにつれて老婆や少年は実は触媒にすぎず、〝異物〟は引きこもりの当事者である寿夫であり、また礼子であるという構図が明らかになってきます。内側と外側の世界があれよあれよという間に入れ替わってしまうメビウスの輪めいた世界ですが、それをこの作品では、文に始まるさまざまなレベルで言葉の身体性を停止させるような精妙なひねりを加えることで、ほとんど離れ業のようにして実現してしまうのです。
古井由吉の文章には独特のリズムがあります。このリズムは単に身体的な、つまり物理的な時間性とともに継起するリズムなのではなく、そうした時間そのものから離脱するような、認識による先走りの刹那をも含んだリズムなのです。無時間が組み込まれたような時間性と言ってもいいでしょう。

だからそれをきちっと体験するためには、私たちは頭でつくられたような人工的な現実の危うさや儚さに出遭っておく必要があるわけです。

「妻隠」 一九七〇年「群像」十一月号に掲載。一九七一年、芥川賞を受賞した「杳子」とともに『杳子・妻隠』として河出書房新社より単行本化。引用は新潮文庫版（一九七九年）よりとった。
古井由吉（ふるい よしきち、一九三七年〜） 独特の膠着的な文体によって鋭い分析的な視線とエロティシズムとが奇跡的に融合した小説世界を創り出す。デビュー以来、熱烈な支持者を持ち続けており、現存の作家の中でももっとも濃厚に「純文学的」な作品を書いている。作品に『円陣を組む女たち』『夜の香り』『椋鳥』『槿』『楽天記』『白髪の唄』『白暗淵』など。

第11章 小島信夫『抱擁家族』——この居心地の悪さはすごい！

小説とのお付き合い

すでに本書の中で繰り返し述べてきたことですが、小説は単に物語を展開させるだけのものではありません。話をどのように語るのか、その手際にこそいろいろな工夫が凝らされている。だから読者の方も、その手際に注意を払わなくてはなりません。人間関係に喩えるなら、語り手が読者とどのような「付き合い方」をしているのか、どのような態度でこちらに接してくるのか、なども問題になってきます。「マッチョで威張っている」とか「明るい」とか「弱々しい」といった言葉で作品の振舞いを表すことができるわけです。

こうした表現を使うと、私たちの中のある了解があらためて意識されてくるかもしれません。第1章でも少し触れたことですが、みなさんの中には小説というものが基本的には読者を心地よくしてくれるものだと思っている人も多いかと思います。小説というのはサービスしてくれるものだ、と。これは間違った考え方ではないのですが、中にはその「心地よさ」を実感するまでに多少の手続きが必要な作品もあります。読むためのコツのようなものが必要となる。そのコツを身に付けるまでは、どうも、いくら読んでもぴんとこない、わかった気がしないと感じさせる作家や作品もある。

第Ⅳ部の三つの章ではそうした作家を中心に取り上げていますが、いよいよ最後に読むのは小島信夫です。小島の小説は、おそらく誰が読んでも「変」なものです。ただ、単に読めないとか、おもしろくないという説明では言い足りない。もっとえも言われぬ不思議さがある。その不思議さを読みこなすために私はその文章の特徴を箇条書きにしてあるのですが、まずは小島がどのように読みにくいのか、これを中期の代表作『抱擁家族』を題材に確認してみたいと思います。

『抱擁家族』は夫婦の危機と崩壊とを描いた作品です。夫に対して妻が抱えていた違和感が浮気や癌という形をとって露出し、それに対応できない夫がおろおろしているうちに、どんどん家庭が壊れていく。しかし、このような粗筋がほとんど意味をなさないほど、小説の語りそのものはストーリーをどんどん裏切るような形で進んでいきます。まさにそこがこの小説の「変」なところなのですが、実はこの小説の読みどころもそこにありそうなのです。それをどうやってとらえたらいいか。

あまり私の方から「小島はおもしろいぞ！」と押しつけると、かえって拒絶反応を示す人もいるでしょうから、最終章はちょっと変化球でいこうと思います。実はある読書会でこの『抱擁家族』という作品を取り上げたことがあります。参加していたのは何人かの編集者で、小説の読み手としてはプロばかりです（いずれも実在の方々です）。そのようなプロがこの作品に対してどのような反応を示したのか、この読書会でのやり取りの模様を再現してみたいと思います。そうすることで、どのように小島信夫が読みにくいのか、そうした読みにくさと私たちはどう付き合ったらいいのか、といったことを考えることができるのではないか、と私は思っています。

ある読書会

以下、その読書会の記録です。


その会は次のひと言から始まった。

「小島信夫の小説って、嫌なんだよね。どうももこもこしていて、よくわかんない」

発言の主は編集者である。私より四つくらい年上で、学識もあって、文章だってずっとうまいのだが、こちらが大学の教員をしているというだけで、いちおう「阿部先生」などと呼んでくる。

「阿部先生、ね、僕は小島信夫って苦手なんですよ。小説っぽくないでしょ？」

その日、我々は数人で「小島信夫氏の『抱擁家族』を読む会」という集まりを持っていた。レポーターは私で、だから、「俊介はなぜいつも疑問形で語るのか？」とか「時子はなぜいつもどきっとするようなセリフを吐くのか？」といった項目を十ほど立て、いちいちの証拠を作品の中から抜き書きして、「どんなもんでしょうか、みなさん？」と相談しているところだった。

編集者は私が小島信夫を褒めようとすると、文句をつけた。

「こんな小説をおもしろがるなんて、阿部先生はふだんろくに小説を読まないで、大学の教室で教えるための古い英詩ばかりつっついてるから、そういうことになるんですよ」

この編集者はたいへんな読書家で、しかも読んだ本についてきちんとメモを取ってある。最初に通った大学を中退するとき、ある先生に相談に行ったら、「やめるな」と言われるかわりに、「君、本は好きか?」と問われたのだという。

「でね、はい、好きです、と答えたら、それなら君、本を読んだらちゃんと感想を書かなきゃいけない、と言われたんですよ。あと、ルーズリーフに書け、と教えられた。ノートに書くと続かないけど、ルーズリーフなら、いつも持ち歩けるし、なくしてもまたスタートするのが簡単だし、と。それで、以来二十年以上、僕はずっとルーズリーフに本の感想を書いてきた」

ところが『抱擁家族』についてだけは、その感想がどうしても見あたらないのだ、という。

私が持参したものよりも少し新しい講談社文芸文庫版『抱擁家族』を手にしながら編集者は、「いや、阿部先生が読書会で小島信夫を読みたいなんていうから、しょうがないから先週の日曜に紀伊國屋書店に行って、また買ったんです。僕はもう二十年くらい前に『抱擁家族』はちゃんと単行本で読んであるのだけど、そのときの本もなくなっちゃったし、感想もどこかに行っちゃった」とさも悔しそうに言った。「最初に読んだときは、何ともいい感じのしない小説だった。なんだかもこもこしていて、気持ちが悪い」

「今回はどうでした?」と訊くと、

「だいたいね、僕はこの小説、ほんとはすごくよくわかるんですよ。だって、これ、奥さんが浮気する話でしょ?　僕の相手も浮気してるんですよ。しかも三回。まったく身につまされますよ」と編集者は言った。

え、二回じゃないんですか？　と私がいうと、編集者は、「数え方はいろいろあるんですけど」と説明した。「うちのはバツ二なんです。最初のバツは僕と仲よくなりはじめたときにすでに別の男と婚約していて、その男と離婚して生じたものです。ふたつ目のバツは僕と付き合っているのに、付き合うのをやめて別の男と結婚してから発生した。で、そのふたつ目のバツのあと、僕のところに落ち着いてから、さらにもう一回浮気してる。そのときは、洗濯機持って出て行っちゃった。今でも覚えてるけど、仕方ないから僕、吉祥寺の西友で新しい洗濯機を買おうとしてたら、携帯に電話がかかってきて、戻ってもいいか？　って言うんです」

「そういえば阿部さん、奥さんに浮気されたことあります？」そこに居合わせた別の編集者（女性）が言った。「わかりません」と私はとりあえず応じたが、心の中では「そうか、そういうことか」と思ったものである。

「だいたい阿部先生は冷たいんですよ。そんな風に分析しちゃって。この小説、とんでもないものだけど、すごくホットでしょ？　俊介は時子と全然うまくいかなくなってるけど、それでも、何かこう、ぐっと引き寄せようとする熱いものがある。阿部先生にはわかりっこないですよ」

私は「ちぇっ」と思った。それで、「でも、そんなに何回も浮気されて、洗濯機まで奪取されてるのに、はい、お帰りなさいってまた受け入れるのって、さっぱり熱気がない証拠じゃないですか？」とややむきになって反論すると、もうひとりの編集者（女性）が割ってはいるように「そういえば時子さんのセリフって、おもしろいですよね」と言った。この編集者はつぎの箇所を引用した。時子がジョージとの浮気について夫に釈明する場面である。

「あんたは自分を台なしにしてしまったのよ。私はいつか折をみて話そうと思っていたのよ。それなのに、ほんとにあんたっていう人といっしょにいると、あんなことが起ったり、こんなことが起ったりするう！」（二一六）

「この、あんなことが起ったり、こんなことが起ったりするう！　はすばらしいわ。とくに『するう』の『う』が」と女性の編集者が言うと、

「いやあ、ここはいい」と先の編集者もうなずいた。「だいたい、僕、最近は小説を読むのがおもしろくなくてね。自分と関係ないことを書いてる小説を読んでもぜんぜん乗れないんですよ。阿部先生はどうなんです？」

「私はルーズリーフじゃなくて、ポストイットを本にそのまま貼ってメモしてます」そう言って自分の講談社文芸文庫を開いてみせた。黄色いポストイットに鉛筆で走り書きがしてある。

「それはいかにもお勉強って感じだな」と男性編集者は言った。「やっぱりルーズリーフじゃなきゃダメでしょ」

小島信夫には雰囲気がない

こんな感じで「小島信夫氏の『抱擁家族』を読む会」は進んでいきました。

私がこの読書会で小島信夫の独特な読みにくさの原因として力説したかったのは、「小島信夫の小説には雰囲気がない」ということでした。そこで私はそれを説明するために、いくつかの点を箇条書きにして皆に示しました。次のようになります。

①「その」とか「それ」とかいう指示語が何を指しているのかよくわからない。
②家政婦のみちよはくせ者だ。
③みんな外国人みたいなしゃべり方をする。
④主語がたくさんだ。
⑤助詞が変だ。
⑥ほんとうの危機は直接書かれない。
⑦語り手が又聞きする。

これらの意味については後でもう少し詳しく考えてみたいのですが、読書会を通しての何よりの成果は、この小説ではいろんな人が発言して非常にうるさい、という実感が確認されたことです。まるでこの読書会のようなのです。つねに誰かがわあわあとがなりたてている。何か言っても、すぐわあわあと頭ごなしに取り消される。一番声が大きいのは時子なのですが、たとえばそういうことを言えば、語り手だって結構うるさい。まるで自分で自分を取り消すようなのです。

俊介は首のあたりを見つめながらその女を抱いたときのことを克明に思いうかべた。おちついたふうに自分の体力が盛りあがってくるだろうか。そうなるかもしれない。この女にさからってはいけない。この女が十一時に起きてきたとき、どんな顔をするだろうか。この女がどんな顔したって、こっちはいい、といってるじゃないか。何だってこの女はしぶるのだ。するとこの女は、おれや、おれの家族を軽蔑《けいべつ》していることになる。そうさせては、いけない。この女のためにいけない。するとおれはこの女が憎らしくなり、みんなが憎らしくなるからだ。
（二五六）
再婚相手候補を目の前にして俊介がこんな考えにふけっています、と語り手が語ってみせる、英語風にいうと「自由間接話法」のような、三人称で語る語り手と、「おれ」で語る主人公との境界がわからなくなる一節です。しかし同じ自由間接話法でも、特定人物の心理や感覚にどんどん溺れていくような、たとえばヴァージニア・ウルフの頃のイギリスのモダニズム作家がやったような感傷的な傾向とはちがって、あまり哀切感などはありません。むしろ、これでもか、これでもか、と何かを宣伝しているような、と同時に自分で自分にハッパをかけているような、力ずくで騒々しく言い募っていく語りです。騒々しいからこそ、語り手なんだか、主人公なんだかわからなくなるような混乱も生ずるわけです。

このわあわあと頭ごなしに言われる感じと、雰囲気がないということとはどこかでつながっているのではないかと私は思います。たとえば次の一節を見てください。『抱擁家族』の終盤、妻時子の葬式が済んだ後、再婚をせねばならぬ、と主人公の俊介が自ら活動を始めるあたりです。喪に服す間もそこそこに、主人公はあちこちに電話をかけまくり、再婚相手を紹介してくれと触れ回っています。

俊介は翌日、葬式にきた自分の昔からの友人や、妻の友人など五、六カ所に電話をかけて、再婚したいと思っているので、よろしく頼む、といった。次第に喧嘩《けんか》を売っているようなぐあいになった。

最初の電話は、友人の妻だった。彼の申出をきいてしばらく返事がなかった。それから主人に相談します、とこたえた。

ある電話は、これも友人の妻であった。この人もしばらく返事がなかった。あなたはともかく、子供さんが何といっても難しいから、よほどの人でないと、といった。

（中略）

「子供もそういうので」とか「どうにもやって行けないので」とか「子供がいなけりゃ貰わない方がいいんだが」と彼はいちいちつけ加えた。友人の妻の声には怒りがこもっていることにほとんど気がつかなかった。俊介自身が半ば泣声をだしていたからだ。

「自分の家のことに夢中になって、ひとの家の中のことには気がつかないのか。我々の場合には、そういうことについては、騒々しく電話をかけたりしなかったものだ。だいたい、香奠を病院の研究所に寄附するのは礼儀しらずだ」

（二五二〜二五三）

という意見が出ているので、注意した方がいいということを婉曲《えんきょく》に書いた手紙が、清水からきた。

とても不思議な一節です。「喧嘩を売っているようなぐあいになった」というような一言には思わず笑ってしまいそうになります。「……という意見が出ているので、注意した方がいいということを婉曲に書いた手紙が」などというつなぎ方も、読んでいてむずむずするところです。いずれも何ともいえないくすぐりと言えるのですが、ただ、そうした「技」を引き立てるのは「再婚したいと思っているので、よろしく頼む、といった」の「いった」の感じが、そのあとも「なった」「こたえた」「返事がなかった」といった語尾を中心に、淡々と辛抱強く続いていくためでしょう。さらに括弧の中では「気がつかないのか」「しなかったものだ」「礼儀しらずだ」というように妙に語気が荒げられたりする。しかもその「語気」が誰のものだかよくわからない。つまり雄弁なのに無機質なような、声高なのに寡黙なような、言葉が決して誰か特定の発言者に属するものとして落ち着いてしまっていない緊張感があるのです。

主人公がたくさん

雰囲気とは、こちらが安心してそこに落ち着くための装置だと言えるでしょう。警戒を解いて、こんなもんだろう、と身を任せる。応接室に静かに焚かれた香のようなものです。しかし、小島信夫はそういう風にはこちらを安心させてくれないのです。私たちは一行一行、律儀に文章を追って行かねばならない。決して行く先が見えないから。「まあ、とりあえずそこにお座りなさい」とは決して言ってもらえないのです。こちらは「いつなんどき、何があるだろう」と身構え、そして期待どおりびっくりさせられる。よくもこれだけ出来事の少ない小説世界の中で、言葉だけの技で人をあっと言わせられるものだと感心するほどです。

それを可能にするのも、人物たちの発言について、語り手がコントロールしきれずにどんどん言われるままになっているからかもしれません。いった、いった、いった、いった、と受け身にレポートすることで、声の方が肥大するのです。それと、もうひとつ注目して欲しいのは、しばしば「いった」の部分に、仕草が挿入されているということです。たとえば、次のような時子の台詞。

「……ああ、あなたという人は、なぜそのダンランが出来るように話をもって行かないのよ。ムダなことをしたり、ムダなことを話したりして、一日一日くれて行く」

と地団太ふみながらいった。（七九）

あるいはつぎのような俊介の台詞。

「あんたは、子供とそっくりよ。良一がバスに乗るとき、かきわけかきわけしてとびこんで行って座席をとるでしょうが」

「そうかもしれない」

と俊介はどなりつけるようにいった。（八八）

こうした箇所での「地団太ふみ」「どなりつける」といったやや過剰な仕草は、人々が必要以上に大きい声で語っている状況を表しているでしょう。

このような状況のおおもとにあるのは何でしょう。そこで思いつくのは、考えてみると妙なのですが、俊介という主人公について、小説の語り手も、俊介自身もきちんと語りきれてはいない、ということかもしれません。主人公の作りにそういうスキがあるから、周りからあれこれ言われてしまう。時子への告知をめぐる医者との会話も典型的です。


「三輪さん、あなた、最初のとき、奥さんひとりできたんですってね」

「そうです」

「本人には伝えませんよ。そのくらいのことが分りませんか。主人が先に立って真相を知って、しかも、奥さんにも家族にも黙っているというのが普通のケースですよ。失礼ですが、あなた、そのとき何をしていたんですか」

「仕事です。手が放せなかったもんですから。何しろ、今、うちでは、どうしても仕事をしなければ……実は家を建てるものだから、金が……」

「家のことは二の次でしょう。いま住む家がないわけじゃないでしょう。私も家を建てたことはありますが、あなたを見ていると、家の方も上の空という気がしますがね。そんなふうにして気に入った家が建ちますか」

（二〇〇〜二〇一）


こういうことが俊介には、とてもよく起きるのです。つまり、人から叱られるようにして、自分の知らなかった何かを突きつけられたり、暴露されたりする。そういう形で自分を自分として作り上げていくのが俊介という人物なのです。そこでわあわあと言ってくるのは、時子だけでない。むしろ時子のような重要人物よりも、医者とか、見合い相手の芳沢とか、山崎とか、そして誰よりも家政婦のみちよであったりする。さきほど、②家政婦のみちよはくせ者だとしたのはそのためです。この小説では、家政婦のような一歩身を退いたはずの存在がしゃしゃり出てくるのです。しゃしゃり出てきて、妻の不貞を暴露したりする。主人公や準主人公は、そうした脇役にあれこれと言われることでこそ、人物として形をなしていくというわけです。
神のような存在に決定的なことをいわれるのではなく、周囲にいる、あまり本質的な関係があるとも思えない人々に、雑音のような声を浴びせかけられる。ひとつにはこれは、俊介にしても、時子にしても、何が何だかわかっていない、自分で自分の運命を握っている感じが希薄なためです。それが象徴的に表れているのが、①「その」とか「それ」とかいう指示語が何を指しているのかよくわからないということです。

俊介はもしふいにあの女の夫が訪ねてきて顔を近づけてきたら、どうしようか、と時に思ったことがある。やってくるはずのないその男が俊介のところへやってきたら、その用件は分っている。そのときに、俊介に分っていることは、先ず自分が笑うだろうということだ。しかしその男がいっしょになって笑うということはないので、その次にどうするだろう。そのときその男の眼は……。その眼を見て笑うことは出来ない。なぜならそのときの笑いはもう種類のちがったものになってし

まうからだ。そこからあと俊介には何も浮かんでくる言葉も動作もなかった。（五四）
傍線でも示したように、「その」とか「それ」といった指示語が多いのは小島信夫のスタイルの大きな特徴で、簡単な説明では片づけることはできないでしょう。ただ、ひとつ言えることがあるとするなら、少なくとも読者にとっては「その」がいったい何であるかはあまり関係ないし、また、よくわからない、つまり、小島の指示語は実質的な用は果たしていないらしいということです。実際に読者の目をどこかに引きつけるポインターなのではなく、「その」とか「それ」とか言ってしまうこと自体に意味があるようなのです。
この引用箇所は実は小説の中でもぼんやりした箇所です。あまりはっきりと詳細が書かれてはいない。俊介が妻の不倫相手との対決に向かうときに、どうやら俊介自身が犯したのらしい不貞のことを想起している、ということのようです。「その」とか「それ」と言わなければならないのは、このくぐもった感じのためかもしれません。罪悪感と呼んでもいいような、まっすぐ正面から見据えられない、影の中に沈んだ対象との距離感を、「その」が担っているのです。
このような箇所に見られるように、俊介やその分身である語り手が、何かをちゃんと言えずにいる、それで隙間ができて脇からわあわあ言われてしまう、という構図がこの小説の土台にはありそうです。件の編集者が「もこもこした」と言ったのは、このことかもしれないな、とも思います。ということは、③みんな外国人みたいなしゃべり方をするのは、言葉が外国語のようにして、不自由な道具として扱われているためだと言えそうです。ほかにも外国語的な例はあります。列挙してみましょう。

〔仮定法〕
そういわれれば彼は時子を連れて外国へ出かけたであろう。（四三）

〔譲歩〕
三輪俊介には、小さいものだが、それでも強い自由があった。（一五六）

〔命令文〕
「さあ、おどりなさい。さあ、早く、発散しなさい。笑ったり、さわいだりしなさい。お父さんもおどるからさ」（二三三）

古典的な日本語散文にはなじまないような、いかにも英語翻訳調の構文がこうしてことさら使われるのは、借り着の語りが、他人行儀で、歯がゆくて、自分のことを自分のこととして語れない自意識の鎧となるからかもしれません。だから⑤助詞が変だということにもなる。次の文の助詞が明らかにおかしいのはおわかりかと思います。

「あなたは僕の家へくると、あなたの家では経済的にこまるのですか」（二五五）

「わかった」を封印する

こうしてみると、この小説では内面をめぐって不思議な事態が生じているようにも思えます。語り手や俊介を筆頭に、誰も彼もがこの小説ではわあわあしゃべろうとしている。しっとりと内面の奥深くに耽溺している者などいはしないのです。にもかかわらず、どこかにがっちりと語られない領域も生じている。その上を飛び交うようにして、医者だの家政婦だのがまたいろいろ言う。余計にうるさくて、わからなくなる。

言ってみれば、言葉がいつもジャストミートせず、芯を外している、ということなのです。⑥ほんとうの危機は直接書かれないのもそのためだと言えるでしょう。不倫の現場も、妻の死も、いずれもプロットの要となりそうな事件なのですが、『抱擁家族』という小説では、こうしたものを⑦語り手が又聞きするだけなのです。俊介が妻の死を伝聞調で知る場面は典型的です。


「お電話してから十分ばかりして亡くなられました。あっという間で、どうしようもありませんでした。申し訳ありませんでした」

「いいや、いいんです」

「でも最期はお楽《らく》でした」

「はあ」

（一九〇～一九一）

というような具合です。

主人公俊介は決して影が薄かったり、隠れたりしているわけではありません。むしろ、語りの中での彼の露出は過剰なほどなのですが、ちょうど疑問文が頻出するのと平行して、俊介が露出すればするほど、俊介とは一体何なのだ？　という疑問が深まってもいきます。たとえば、次の一節などは「俊介」「俊介」と何度も繰り返されていて、やけに④主語がたくさんだと思わせるところです。クライマックスのひとつとも言える箇所で、家政婦のみちよがエロティックなニュアンスとともに俊介の寝室を訪れるという展開です。俊介はどぎまぎして、どう対応しようかと慌てている。


「だんなさま、だんなさま」

俊介がようやく眼をあけて、起きあがると、そこにみちよが寝巻姿で立っていた。

「だんなさま」

俊介はベッドからおりると、闇の中でみちよをじっと見つめた。

俊介は汚れてしまいたい、と思った。しかし俊介は、スウィッチのある壁にかけよった。明るくなった部屋の中で、みちよがベッドの端を見ながら、ふくれたような顔をしていた。みちよの胸がはずんでいるのが分った。

「自分の部屋へ帰ってくれないか」

と俊介はいった。

「私はそんな恥ずかしいことを、しませんからね」といったみちよの言葉を、俊介は思いだした。

自分は、この日を待っていたのかもしれない、と彼は思った。

「自分の部屋へ帰ってくれないか」

と、もう一度、俊介はいった。

すると、みちよは昂然《こうぜん》と顔をあげて、いった。

「私は奥さまとは、ちがいますからね」（二六五）

「俊介」という主語が不必要なほど繰り返され、それが唐突に「彼」と呼び換えられたりもしています。なぜ、こんなに主語の「俊介」が多く言及されるのか。その答えのひとつは次のようなものかもしれません。この数行にわたる描写の中で、「俊介」なる人物はどんどん変化している、と。俊介の持っている「私はこういう自分なのである」という意識はまったく安定しておらず、こうして「俊介」「俊介」と何度も主語にされつつも――いや、そうして繰り返し主語にされるからこそ――たじろいだり、誘惑におぼれたり、覚醒したり、ばかにするなとむきになったり、そういうさまざまな顔を持った疑問形を抱えた主人公として提示されることになる、と。

どうやら小島信夫を読むためのコツは、このあたりにありそうです。私たち読者は、こうして主人公までもが騒々しい雑音の中に埋没していく、その言葉の渦中に一緒に身をひたす必要があるのです。そうすると、「時子の足がのびてきて彼の足の指をぎゅっとはさんだ」（六六）というような細部がひょっと出てくるときのきわだった威力を、驚きとともに体験できるのです。語りの表面はきれいにならされてなどおらず、いつもでこぼこ。それだけに流れ弾みたいな一言や一節がすごくインパクトを持ちうるのです。夫婦の危機も、会話の中での不意の衝突として生じます。

「男と女はちがうんだ」

「何がちがうもんか。その女を好きでなくてそんなことをするのは一番悪いじゃないか」（三七）

不貞や死といった筋書き上の危機よりも、こうした衝突の方が危機の顕れとしてははるかにインパクトがあるでしょう。立派なご託宣や結論めいた述懐より、雑音や、反論や、つぶやきのようなものを耳にすることでこそ、読者は小説世界を体験するというわけです。

おそらく頭に入れておくといいのは、小島信夫の小説が「わかった」という感覚を封じるものだということです。主人公はいつも、お前はちがうのだ、お前はほんとうはこうだ、とあっちこっちから言われ、自分でも、その、その、その、とまるでどもるようにして言うべきことをまっすぐ言えないでいる。読者もその主人公に付き合って、似たような立場に自分を置くことになります。いつも「ゼロからのスタート」のような気分になっている。「わかった」の地点は遙か遠くにあって、とても辿りつけそうには見えない。

小島信夫の小説は、居心地のよい場所ではありません。こちらを安心させるような雰囲気はなく、むしろあっちこっちにこちらを連れ回すような、遊園地の乗り物のような、眼がぐるぐるするような運動なのです。でも、そこには、そういう不安定な世界ならではの爽快さがある。批評家の千石英世は次のような言い方をしています。「小島信夫の小説はなんど読んでもおもしろい。しかし、読む者を湯加減のいい風呂に浸かるようには快適にはさせない」。まさにその通り。さらに続けて千石氏は言います。「読む度に、神経は逆撫でされ節々はぎりぎりときしみ、関節は笑うが、そのあとは無駄な肩の力が抜けて、体全体がかるくなる。心の凝りがとれ、心の贅肉が落ちているのである。他者とは何かが見えてくるのだ」（講談社文芸文庫『殉教／微笑』の「解説」より）。どうでしょう。騙されたと思って、ためしてみる気になりませんか？

『抱擁家族』「群像」一九六五年七月号に掲載。同年、講談社より単行本化。引用は講談社文芸文庫版（一九八八年）よりとった。

小島信夫（こじま のぶお、一九一五〜二〇〇六年） 若い頃にアメリカの作家ウィリアム・サローヤンに影響を受け、喜劇的な作風を持ち味とした作品を多く書くが、単なる喜劇とも呼べない独特の珍妙さや奇天烈さも混じるようになり、語りの土台が根本から揺らぐような不安定さも表現する。作品に『アメリカン・スクール』『女流』『抱擁家族』『美濃』『別れる理由Ⅰ、Ⅱ、Ⅲ』『うるわしき日々』『残光』など。

読書案内

作家をめぐる本

この本を読んで、さて次はどうしよう？　と思った人もいるかもしれません。各章の末尾にはそれぞれの作家の代表作をあげましたので参考にしてください。作家はデビュー作、第二作、初長編、久しぶりの復活作、最後の作品……とキャリアの中でいろいろな転換期をくぐり抜けているものです。そのたびに作風が変わる人もいれば、方法を洗練させていく人もいる。そのあたりを比べたい。

元ネタに目をやるのもいいと思います。『斜陽』の元になったとされる太田静子『斜陽日記』（小学館文庫）や、『明暗』的な会話と重なるところのあるヘンリー・ジェイムズの諸作品（国書刊行会のヘンリー・ジェイムズ作品集の他、新潮文庫、岩波文庫、講談社文芸文庫などから多数刊行）。たとえば東北大付属図書館「漱石文庫」の運営しているサイト（http://www.library.tohoku.ac.jp/collect/soseki/index.html）

では漱石の蔵書をチェックできますので、そこから出発して場合によっては漱石が親しんだ英文学の作家作品を読み進めることもできる。

絲山秋子のようにいくつかの短篇をセットで書く作家もいます。『袋小路の男』にも表題作「袋小路の男」を裏面から描くような、「小田切孝の言い分」が収録されていますが、そうした「裏ピース」を読者が見つけていくのもおもしろいと思います。

もちろん、作家の人となりにも興味は向かいます。この本で取り上げた作家のうち、夏目漱石、太宰治、志賀直哉はすでに作家研究も進み、伝記も多数出ていますが、その中でもまずお薦めしたいのは夏目鏡子述・松岡譲録『漱石の思ひ出』（文春文庫）、津島美知子『回想の太宰治』（講談社文芸文庫）、阿川弘之『志賀直哉』（上・下、新潮文庫）などです。いずれも妻や弟子など身近な人たちによる記録ですが、個性豊かな語り口で独立した読み物としても楽しめます。高度に洗練された作品批評に踏みこむのもいいと思いますが、作家に対する興味は、意外とよもやま話的雑談的な作家語りによってもかき立てられるかもしれません。

もちろん、作家は小説だけ書いているわけではありません。辻原登、佐伯一麦、古井由吉、大江健三郎、小島信夫といった方々は評論活動等も盛んに行っていますので、そのエッセイや評論も読みたい。辻原登の『東京大学で世界文学を学ぶ』（集英社）は講義を元にした、タイトルの通り広く外国文学に目を向けた文学入門。『熊野でプルーストを読む』（ちくま文庫）は自身のことにも触れたエッセイ集です。佐伯一麦『石の肺――僕のアスベスト履歴書』（新潮文庫）は電気工をしていたときにアスベストにさらされた作家の異色の著作です。また佐伯には連続講演を元にした『芥川賞をとらなかった名作たち』（朝日新書）といった啓蒙的な本もあります。古井由吉はデビュー以来、エッセイの方でも鋭利な語り口によって独特の境地を開拓してきました。『招魂としての表現』（福武文庫）のようなエッセイ集の他、最近では対談やインタビューを元に構成した『人生の色気』（新潮社）なども出ています。『漱石の漢詩を読む』（岩波書店）は講義を元にした著作で、タイトルの通り漢詩の読解を通して漱石の作家としての生き方を考えるものです。大江健三郎も旺盛な執筆力で小説に限らず評論や批評を書き続けており、社会に広く訴えかけるスタンスをとっているのが特徴です。若い頃から沖縄問題などメディアでも注目されるテーマに積極的に取り組んできた大江の文章は、つねに小説と非小説の際どい領域を意識しながら書かれていると言ってもいいかと思います。近年のものとしては『新しい文学のために』（岩波新書）、『私という小説家の作り方』（新潮文庫）、『読む人間』（集英社文庫）など。小島信夫については、最近完結した『小島信夫批評集成』（全八巻、水声社）を見てもわかるように、本書でとりあげた作家の中でももっとも評論の分量が多い人と言えるかもしれません。しかし、小島の評論は小説と同じで一筋縄ではいかない。いったいどんな不思議な世界が展開されているか、それを確認するためだけにでも頁をめくってみる価値があります。ヒントが欲しい人は小島信夫研究の第一人者千石英世による『小島信夫――暗示の文学、鼓舞する寓話』（彩流社）などを参考にしてください。

なお、よしもとばなな、吉田修一、絲山秋子といった比較的若い作家たちは、みなオフィシャルサイトを持っていますので、そちらも覗くといいでしょう。

よしもとばなな　http://www.yoshimotobanana.com/

吉田修一　http://yoshidashuichi.com/
絲山秋子　http://www.akiko-itoyama.com/

小説をめぐる本

この本を書くにあたって、私はさまざまな先行書からヒントを得ました。それらには私が扱った作家を直接対象としないものも含まれていますが、「そもそも小説について語るとはどういうことか」という、より普遍的な問題意識を持っている点では共通しています。小説とは何か？　文章とは何か？　という問いから出発し、最終的には書くとはどういうことか？　という疑問にたどり着く。そのような問題に踏みこんだものとして、たとえば加藤典洋『言語表現法講義』（岩波書店）、島田雅彦『小説作法ＡＢＣ』（新潮社）、谷崎潤一郎『文章読本』、丸谷才一『文章読本』などをあげておきたい。なお、《文章読本》というタイトルの本は多数出版されており、川端康成、三島由紀夫など有名作家によるものもありますが、斎藤美奈子『文章読本さん江』（筑摩書房）のようにこのジャンルそのものをテーマとしたものを通して全体を眺め渡すのもいいでしょう。

本書ではもっぱら読む側の視点で小説について語ってきたわけですが、立場を反転させ、「自分は果たしてこれを書き得ただろうか？」という視点に立って読むと、今までとは違ったことが見えてくることもあります。文章というのは化石や遺物ではない。読むことによって生き呼吸しはじめる言わばナマモノです。だから、それを「たった今、そして下手をすると自分によって書かれ得たかもしれないもの」として読んでみるのは決して誤った方法ではないと思います。読みの現場は、書き手と読み手との共同作業として生成するものだから。そして、場合によっては読み手と書き手とが入れ替わってしまったっていい。佐藤正午『小説の読み書き』（岩波新書）はそういう境地へと私たちを導いてくれる格好の入門書です。書かれ読まれるナマモノとしての小説作品の手触りが、現役作家らしい敏感さでとらえられています。

最後に本格的な批評。小説をどう読むか、どう解釈するか、どう歴史の中に位置づけるか、という問題を扱った書物は、学者による個別作家の研究書も含めて数多くあって、とても全部はあげきれないのですが、この二〜三十年の特徴として、批評家が以前にも増してそのスタイルに意識的になったということは言えるかと思います。そのような方法意識を体現し次世代に大きな影響を与えた書き手として、蓮實重彦（『表層批評宣言』（ちくま文庫）、『物語批判序説』（中公文庫）、『夏目漱石論』（福武文庫）など）、柄谷行人（『畏怖する人間』（講談社文芸文庫）、『定本　日本近代文学の起源』（岩波現代文庫）など）、高橋源一郎（『文学じゃないかもしれない症候群』（朝日新聞社）など）、福田和也（『日本の家郷』（洋泉社）など）といった方々をあげておきたいと思います。なお、八〇年代から九〇年代、〇〇年代と日本の批評界の事情を追い、書き手たちの人間関係も含めて整理し俯瞰したものとしては、佐々木敦『ニッポンの思想』（講談社現代新書）が便利です。

おわりに——日本の小説は宝の山

「いちいち説明してらんねえよ」の向こうへ

日本の作家は元気です。文学が読まれない、本が売れない、といった声も聞こえますが、決して〝品質〟が落ちているわけではないと私は思います。問題なのは、小説を読むということについて、学校の国語の先生方の努力にもかかわらず、依然として偏見を持ったり硬直した見方をしたりする人が多いということです。「文学的」とか「想像力」といった言葉が、まるで抗生物質のように濫用され、かえってその効き目がなくなってしまったということも原因のひとつにはあるかもしれません。そのため、本来出会えるはずの読者と作品とが、なかなか出会えずにいる。これはたいへん残念なことです。

日本の小説は宝の山なのです。少しでも作品を手にとってもらいたい、そして少しでも小説の言葉の独特な作用を体験してもらいたい、そんな願いをこめて本書を書きました。今さら何を？　と言う方もおられるかもしれません。小説を読むなんて、わざわざ教えられてするものではないでしょう？　という意見もあるでしょう。それに小説についての文章など、すでに散々書かれてきた。読書案内にもその一部をあげたように、優れた批評家による分析や洞察も数多く出版されています。

しかし、しばしば批評という構えをとった言葉には制約がかかります。批評は——そして私が専門にしている英文学研究はとりわけそうなのですが——限定された問題点をめぐる「闘争」という形をとります。まるで敵や競争相手がいるかのように語らざるを得ない。もちろんそれゆえに生まれる言葉の勢いもありますし、双方向的な議論を念頭におくことで文章にも思考にも厚みや粘りが生まれるのですが、他方で、このようなモードの縛りによって落ちてしまうものもあります。何しろ闘争なわけですから、「そんなこといちいち説明してらんねえよ」ということが出てくる。どんなにすぐれた批評家でも、すべてのことをいっぺんに行うことはできないのです。

本書では「いちいち説明してらんねえよ」とやりすごされてきた部分にこそ注目しようと思いました。岸本佐知子さんの名著のタイトルを拝借して副題に「気になる部分」という言葉を入れた最大の理由はそこにあります。「気になる部分」とは、従来の批評ではどちらかというと当たり前のこととして触れられないようなマイナーな領域を指します。批評や研究はともするとと政治や経済や思想や人類の話題へとジャンプするような大きな物語を振りかざして「闘争」の武器にします。古典化した権威ある論者を後ろ盾にすることも多い。しかし、そうした華々しいメジャーな舞台の陰には、もっと地味だけど、実際に小説を読むときにどうしても避けて通れない領域が潜んでいる。

外国文学の研究はちょうどいいモデルになります。たとえば日本に生まれ育った人が英文学研究を目指すのであれば、まずはじめに覚えなければならないのは辞書の引き方です。外国語である英語をいったいどうやって読むのか。英語を母語とする人であればいつの間にか知っている言葉の決まりについても、私たちはいちいち調べたり確かめたりしないと理解できないということがある。しかし、実はこれは大きな利点でもあるのです。なぜなら、まさにそのような「当たり前」の部分にこそ、言葉の旨みは潜んでいるからです。言葉を「当たり前」のものとして受け取ってしまうことで、私たちはこのおいしい部分を見過ごしてしまうかもしれない。私は二〇一〇年に『英語文章読本』（研究社）という本を刊行しましたが、その中では英語で書かれた小説を素材にして、言葉の「気になる部分」について説明してみました。本書はその日本語ヴァージョンであり姉妹篇なのです。

本書の冒頭に「一字一句を読む」という目標を掲げたのもそのためです。言葉についてもっとも初歩的とされるような、ふだんは恥ずかしくて話題にもできないような部分にあえて注目して読んでみる。外国語を読むようにして日本語を読んでみるということです。本書で目指した〝小説的思考〟はそこからはじまると言っても過言ではない。

言葉はお金

言葉は貨幣と似ているとも言われます。どちらも最大のポイントは流通性にある。一方が表現したことを他方が受け取ることができなければ、言葉にしても貨幣にしても価値がなくなってしまう。ただ、流通性に重きをおきすぎると見逃してしまうものもあります。言葉は用いる人の個性や生理や、そしてもちろん思想などを色濃く反映するのです。言葉はたしかに公共的なものでもあるけれど、たいへん個人的なものでもある。

いや、ほんとうは貨幣だってそうなのです。百円にどのような表現を与えるか、千円というお金を使ってどのような行為を実現するかに人の個性や生理が顕現する。スーパーで十円単位の差額を気にする人が、休日に高級レストランに繰り出すということだってあるでしょう。年収数千万円という人が、泥棒まがいのことをすることだってある。一円の価値というのは決していつも同じではないし、そこにはいろんな意味が付与されうるということです。

本書でとりわけ注目したのは、作家ごとの、そして作品ごとの言葉の使い道です。ごく数頁の作品であれば言葉の総量もごくわずか。しかし、そこで言葉の十円や二十円をどう使うかで、驚くべき効果の違いが生まれます。比喩的に言うと、私たちは一般に億単位のプロジェクトに目がいきがちです。だから批評もどちらかというと建物や施設にからむようなお金の動きをフォローするのに忙しい。そして書く側も注目されるようなプロジェクトを打ち立てようとするあまり、十円、二十円の使い道をおろそかにするという場合がある。でも、小説の世界は一円の使い道からはじまると私は信じています。それは私たち読者にとって言葉の十円、二十円の使い道に、生活と人生の真実があるからです。そのレベルの言葉に敏感な小説こそが私たちに訴える力を持っている。また、そういう言葉の作用に反応する術を身につけておくことで、自分にとって最良の言葉の使い方を知ることにつながっていくのではないかと思うのです。

本書でとりあげたのは十一人の作家です。話の流れの都合もありごく限られた方々しかとりあげられなかったわけですが、まだまだ読まれるべき、そして語られるべき作家や作品がたくさんあることは言うまでもありません。機会があればまた別の場で作家たちの方法について、また、読みの現場の〝小説的思考〟について考えてみたいと思っています。
なお、本書の大部分は書き下ろしですが、第9章と第11章だけは既発表の拙論を元にして改稿したものですので、以下に初出の情報をあげておきます。

「大江健三郎が読めない人のために——『臈たしアナベル・リイ　総毛立ちつ身まかりつ』をめぐって」(『國文學　解釈と教材の研究』二〇〇九年六月臨時増刊号、一四六〜一五三)
「小島信夫がわかるということ」(「水声通信」二〇〇五年十二月号、一〇二〜一一〇)

本書は東京大学出版会の小暮明さんの実に粘り強いサポートのおかげで完成させることができました。この数年はさまざまな事情からなかなかこの仕事に集中することができなかったのですが、小暮さんは辛抱強く私の作業に付き合ってくださり、こちらが五月雨式に送る原稿をいつも丁寧に読んでくださいました。おかげで私も「これは頑張らねば」という気持ちになって、ふだんはどちらかというと短距離型なのですが、何とか長丁場を乗り切ることができました。絶妙のタイミングで「さあ、いよいよラストスパート！」という号令をかけてくださったのもさすがです。感謝いたします。

二〇一二年二月

阿部 公彦

著者略歴

1966年，横浜市生まれ．東京大学文学部教授．現代英米詩専攻．
東京大学大学院修士課程修了，ケンブリッジ大学大学院博士号取得．

主要著書

著書に『モダンの近似値』(01)，『即興文学のつくり方』(04，以上，松柏社)，『英詩のわかり方』(07)，『英語文章読本』(10)，『英語的思考を読む』(14，以上，研究社)，『スローモーション考』(08，南雲堂)，『文学を〈凝視する〉』(12，岩波書店，サントリー学芸賞受賞)，『詩的思考のめざめ』(14)，『善意と悪意の英文学史』(15，以上，東京大学出版会)，『幼さという戦略』(15，朝日選書)，『名作をいじる』(17，立東舎)，『史上最悪の英語政策』(17，ひつじ書房)，『夏目漱石スペシャル (100分de名著)』(19，NHK出版)．訳書に『フランク・オコナー短編集』(08)，バーナード・マラマッド『魔法の樽　他十二篇』(13，以上，岩波文庫)など．

小説的思考のススメ　「気になる部分」だらけの日本文学

2012年3月21日　初　版
2020年6月25日　第3刷

[検印廃止]

著　者　阿部公彦《あべまさひこ》

発行所　一般財団法人　東京大学出版会

代表者　吉見俊哉

〒153-0041 東京都目黒区駒場4-5-29
http://www.utp.or.jp/
電話 03-6407-1069　FAX 03-6407-1991
振替 00160-6-59964

印刷所　株式会社平文社
製本所　牧製本印刷株式会社

ISBN 978-4-13-083058-4 Printed in Japan

阿部公彦	詩的思考のめざめ　心と言葉にほんとうは起きていること	46判	二五〇〇円
阿部公彦	善意と悪意の英文学史　語り手は読者をどのように愛してきたか	46判	三二〇〇円
柴田元幸	アメリカン・ナルシス　メルヴィルからミルハウザーまで	A5判	三二〇〇円
柴田元幸編著	文字の都市　世界の文学・文化の現在10講	46判	二八〇〇円
ロバート キャンベル編	Jブンガク　英語で出会い、日本語を味わう名作50	A5判	一八〇〇円

ここに表記された価格は本体価格です．ご購入の際には消費税が加算されますのでご了承ください．